讀書種子

潘步釗閱讀隨筆

匯智出版

責任編輯：羅國洪
封面設計：洪清淇

書名：讀書種子——潘步釗閱讀隨筆
作者：潘步釗
出版：匯智出版有限公司
香港九龍尖沙咀赫德道二A
首邦行八樓八〇三室
電話：二三九〇〇六〇五
傳真：二一四二三一六一
網址：http://www.ip.com.hk
發行：香港聯合書刊物流有限公司
香港新界大埔汀麗路三十六號
中華商務印刷大廈三字樓
電話：二一五〇二一〇〇
傳真：二四〇七三〇六二
印刷：陽光（彩美）印刷公司
版次：二〇一七年三月初版
國際書號：978-988-77710-6-7

目錄

自序

「讀書種子」一詞，早在宋人已經用上。羅大經、周密等人在作品中說過，不過最惹我牽縈激動的是《明史》一段：「先是，成祖發北平，姚廣孝以孝孺為托，曰：『城下之日，彼必不降，幸勿殺之。殺孝孺，天下讀書種子絕矣。』成祖頷之。」明成祖朱棣終於藉靖難之變取得江山，他後來不但沒有聽從姚廣孝的話，更因方孝孺誓死不阿：「死即死耳，詔不可草」，磔於市，方孝孺慷慨就死，時年只四十六歲。

現代人對於閱讀，容易跌入形而下的層面，強調操作性，只有直線利益回報的思維。我在許多會議和講座，都聽過一些「專家」說，現代社會資訊發達，網路縱橫，甚麼資料都可以一按滑鼠就找到，所以知識貶值，閱讀也已經不重要了。我說，那是事實，也不是事實，離中國人的閱讀心靈更遠矣。清人王永彬《圍爐夜話》說過：「家縱貧寒，也須留讀書種子。」因為讀書之道曲折萬千，積學儲寶，明理修身，故友多情，聰穎之人相知，厚德之人能親。中華文化發展至今天，年青人或無知不學、或激情過甚，總之傳承繼絕之心，可謂離「絕矣」不遠。

七百年後重看，方孝孺是否愚忠已經不重要，我們這一輩讀書人，又何嘗不愚忠於文化的繼絕傳承。我這本小書，算不上書評，只是一些近年讀書筆記的偶然心緒，基於不同原因，曾用文字摘下。這既絕對不是我開出的一張閱讀推薦清單，寫的過程亦信手隨筆，不曾沉重，也不能沉重，部分更只是以中學生為閱讀對象，但是「家縱貧寒，也須留讀書種子」，輕談淺說之間，是我堅持教詩書讀文章的昭昭痕記。不錯，面對當前中國讀書種子幽滅易絕，社會四佈欲令文化根斷的狼子野心，人文中國真是舉步維艱！「風雨如磐暗故園」，世道再飄零與「貧寒」，讀書人，不能降！

書海浩瀚，千百年來，古今中外，好書好文章的推介分享，本就難窮難盡。由於篇幅所限，也由於疏懶吝筆，許多我讀過，十分珍重喜歡，也希望年輕一代珍重喜歡的好書，像《唐詩三百首》、《紅樓夢》及《文心雕龍》和許多西方名著等，也沒有談到。選取書籍雖兼及古今中外，但由於心靈所向，難免側重中國人文。加上下筆的動機不同，所以夾雜着評賞抒發和簡介導讀，各篇的份量、朝向的讀者也不一定相同，湊在一起，免不了有蕪雜的感覺。不過我一再強調，本書非嚴謹的評論文章結集，只是愛閱讀的人的隨筆分享，我期望讀者能舉一反三，套一句文學經典語是「言有盡而意無窮」。閱讀是一輩子的事，而且是有益事、是樂事！願讀者既能按圖索驥，又可自由翔飛於無垠閱讀世界中。

本書出版過程中，情思所繫，我堅持以《讀書種子》為書名，衷心感謝出版社羅國洪先生的容讓與海量。愛妻為書名題署，更具意義。謹借此書祝福中華文化，並遙敬古人，近勉學子，箇中心事，願讀者知之重之。

潘步釗　二〇一六年十月

導言

漫卷詩書喜欲狂

——在虛擬與邊緣閱讀

現代人閱讀，兩個難纏的議題是虛擬與邊緣。

科技昌明，我們的確受益無窮——只是付出了代價。大家喜歡強調虛擬，虛擬成為時尚，爭着說實體書終歸會被淘汰。時代急速發展，我們都在嫌棄地球轉動太緩慢。閱讀，沒有前設的形式科技，沒有道德與正邪，只有情興往還、才與不才的選擇。電子書，網上閱讀云云，沒有離開讀書的本質。我喜歡實體書，不全因為我是「老派」人，學問面前，沒有「老餅」，也不可虛擬，永遠都實體，讀書的方法和態度更不可虛擬。讀書的本質在不隔，思想交流，感情漾動，都虛擬不來，或者是虛不虛擬都不重要。閱讀時，我們走近作者，作者迎向我們。這樣的交流，融入然後建立形成，掩卷後不會煙滅灰飛，與當機和關掉電腦屏幕，是不一樣的感覺和事情，所以是真正的實體。藝文青的形象可以虛擬，知識分子的陶鑄卻永遠實體；知識分子可以被邊緣化，知識卻永遠在中心。這是審視問題的關鍵，時代怎樣轉變和發展，閱讀的硬道理仍然簡單。

「讓文字亂飛」的年代

讀書的最基本益處是快樂，也可能是最大的益處。我喜歡閱讀，最主要的原因是它帶給我很大的快樂。孔子說「多識鳥獸草木之名」，不單是讀《詩經》的好處，也表述閱讀增加知識的簡單道理。不過閱讀吸引人的地方，仍在精神心靈，「漫卷詩書喜欲狂」，讀一本好書，你好像穿過了幽深的山洞，忽然豁然開朗；又像初識一個慧心玲瓏的佳人，說不盡的愜意和期待。當你喜歡了閱讀，你的人生從此會不一樣，開啟了通向無垠的大門，驅走孤獨，遠離無知與平庸，遊走在簡樸與豐富之間，在吸收、觀察別人中，交流融會，超拔提升，令自己變得獨特。倚賴印刷文字，人類追逐文明，改進社會。閱讀，交織着樂趣、學問、修養、睿智和資訊，在不同角度逡巡游弋，仍然落在簡單的命題，閱讀在生命和生活都不能缺少……

走進書局，琳瑯滿目是閱讀理論的書籍，有許多派別，分不同層次，我的閱讀理論很簡單——戀愛論。戀愛，重要的是你愛上對方，心靈交合，遠離寂寞——哲學家說人類需要愛是為了對抗孤寂。閱讀像戀愛，太重視策略就淪於功利，流失了愛情的許多樂趣和寶貴；閱讀也不像戀愛，至少你不用專一，而且也不宜專一。不過，閱讀上的濫交，在這資訊無險可守的年代，也是危險而浪費的。不少人愛誇誇高談當今網路縱橫，閱讀變得很容易，寫作發表也變得容易，可是容易並不代表高質素。問題剛好在這裏倒轉了，就是閱讀太容易，網上文章文字無窮無盡，卻全無隔濾，人人都可以是作者，秒秒鐘都可以吸引千百讀者，質素就在這種即食快速傳遞接收中流失了。這是資訊科技發展，「讓文字亂飛」的年代，資訊和知識表面上洋溢四濺，溝通快速卻輕淺、分享普遍但破碎。這一切，更需要我們的識見和素養來辨別駕馭，要小心謹慎。我們要相信閱讀，但不能迷信閱讀。課程改革把閱讀列為四大關鍵項目之一；每年香港書展人山人海；PISA國際閱讀測試的高排名……，如果我們真的誠實，都知道這些全不是香港人閱讀質素提升了的顯證。「積學」才能儲寶，所以說閱讀如戀愛，可以花巧佈置，增添許多情趣歡樂，可是能叫兩人天長地久，相伴到老的，卻不是這些。

讀甚麼書才是關鍵

讀書讀書，讀甚麼書，才是關鍵！

讀沒有價值的文字，不獨浪費時間，也是心靈知性的荼毒，在這人人觀念上意識到「閱讀很重要」的時代，要特別強調這一點。書海無涯，人的壽命和心力也有涯，這種對比是閱讀最大的無奈。加上語言文化的限制和隔閡，再愛閱讀的人，在古今中外的好書中，一定會錯過一些好書，而且錯過的一定遠比讀到的多。即使只是彈丸香港，多年來的書獎、文學獎等作品（如果它們是好書），有不少都是我沒有讀過的書。所以不要貪心，「猶恐不及」的讀書心態是可以的，而且是奮進的動力，但不要妄圖「讀盡天下九州書」，重要是為自己建立識辨高下優劣的能力。弔詭的是，要建立這樣的能力，就要靠多讀好書。因此，有識者的點撥和分享，就變得重要。

小心選擇讀物，除了需要建立和提高自己的識見，很重要的方法是借助高手的點撥指引。我不是高手，這本書內提到的作品，也只有區區的十多本書，滄海中連一粟也沒有，而且我也沒有寫嚴謹書評的意圖和習慣。我只喜歡在閱讀後思考感味，寫一些隨筆感想，為閱讀的過程和得着留一點印記，偶然有同道人有同樣的思考和感味，那已經妙哉快哉！不過回頭看，閱讀的提升和教學，本來的義理就是如此，選一些範本，說出其中妙理和動人處，然後一切都展現着延伸的可能，向四面八方推展閱讀和知識的方向。

多少與快慢

這牽涉寬廣的問題。西諺說書本如朋友，在好而不在多。質量比數量重要，道理顯淺，讀書，讀甚麼書，是兩道不同層次的問題。不過數量可形成某程度的質量，所謂「質量互補」，也有一定合理性。書海茫茫，學問天地太大，中國人讀書的基本觀念是「博覽群書」、「貪多務得，細大不捐」；劉彥和說「觀千劍而後識器，操千曲而後曉聲」。人人都有自己的專業和興趣，以此為基礎，旁涉其他題材，既求廣博，亦求深刻精進。我讀書不大喜歡談策略，這好比交朋友不用策略，投契有緣的，就結伴走一段路，交心分享。多，是不偏執，不因為其他與書本質素無關的問題，來決定閱讀的選擇。我雖不欣賞胡蘭成為人，卻不會因此就永遠不讀他的文章，而且更無法否認他的散文寫得很好，甚至對我寫散文有些影響。

多少，也關係到「古今中外」的選擇，白先勇說文學作品只有一種分類方法，就是好和壞；書本也一樣，甚麼時空、語言和文化都不是決定書籍質素的關鍵。我眼中的好書，時空和人情心事，隨着客觀情境的不同，與今天人人低頭撥弄手機的世道，已大不一樣；可是寫作的技巧手法，文學上的靈思機巧，都是學習借鏡的佳作，立意抒情，依舊動人。

博古通今，學兼中西，是理想的閱讀習慣。這不僅是寬廣與狹窄的問題，還關係着學習和轉化騰挪。不同的文化、不同的手法、不同的思考模式，例如我們讀《史記》，要知道中西方人對歷史的態度，寫歷史的心志和目的；「編年體」和「紀傳體」的利弊優劣；「重人」和「重事」的選擇，都需要在並讀多思的基礎上，才可以明白理解。本書以讀南海十三郎的《小蘭齋雜記》感想為第一篇，就是我效顰史遷安排列傳人物先後的心事；又例如談仁愛，《論語》說來說去，強調人之為仁，愛與慈悲都在裏面。中國文化不強調理性分析，在西方，愛是可以學習的。當中，是不同，不一定是高下的分別。只有通過比較、對照、並觀、印證，那才會更有效益。我雖不精於西方文學和哲學，但對於像弗洛姆這些西方人，會用文字很理論化來討論和分析愛，也相當好奇而欣賞。再強調一次，閱讀時，最重要是作品的質素。雖然，多，也代表了某程度上的好。

因此，在廣博的閱讀基礎上，還要有追求專精的意識和方向。元末著名戲曲家高明說：「人不明一經取第，雖博奚為」，就是不能只求廣博，要有專精。這一點其實不用擔心，只要形成良好閱讀習慣，建立興趣，發展適當的能力，自然會學有專精。在深度和廣度作適當平衡，是閱讀上佳的方向。

深淺與去留

有些人說，在這資訊爆炸的年代，必須要有速讀的技巧和策略，方可以處理這麼大量的資訊。跟許多世事一樣，快，不一定代表好，只是一種選擇，一種策略，這關係着你閱讀一本書的目的，也因應這一本書的特質，決定閱讀的層次。如果是一本教人修理水電的工具書，你學懂了技術，就當然不需在乎領會或體味，作者是否另有深意和懷抱。讀這類書，快而有得，當然最好。

可是閱讀既然常是和作者交心的過程，快，就不是最重要的標準和追求，這或許是時代最需要反思的問題。又回到讀書和讀甚麼書的問題，電子科技和互聯網興起，電玩佔據大部分人的時間，文字被冷落，嚴重衝擊傳統閱讀，最重要是崇尚速度、廣泛，卻失去深度。討論變得浮淺，即時回饋令人不習慣深思慎辨。煽情的議題破壞了理性和邏輯，同質性的交流收窄了閱讀的視野。電子通訊科技日進千里，電郵、群組、面書，都在快與廣之外付出了代價，而且我以為相當沉重。二十一世紀科技改變人類的存活模式，我們活在煽情、輕淺、湍急、涼薄的時代氛圍中，何去何從，值得一再深思。

梁實秋説閱讀能「尚友古人」（〈書〉），也就是和其他人（主要是古人）交朋友，在思想感情上交流。楊絳説：「讀書好比串門兒……不必事前打招呼求見，也不怕搞擾主人，翻開書面就闖進大門，翻過幾頁就升堂入室；而且可以經常去，時刻去，如果不得要領，還可以不辭而別，或者另找高明，和他對質。」（〈讀書苦樂〉）「串門兒」未必可以登堂入室，盡得深致，但這些說法都提醒我們讀書要有思想心靈的滲入，甚至淨化提升。所謂「思接千載」，所以即使我們和作者處在不同時間空間，但通過閱讀和寫作，一樣從觀點識見，到思想感情，甚至是胸襟談吐，也可以交流傳送。閱讀的樂趣在此，倒過來看，寫作的樂趣也在此。例如我讀《隨園詩話》，是頗能讀到袁枚的為人和情趣，進一步讀到清代，以至古代知識分子的生活。袁枚個人的閒適淡泊和才情幽默，通過書中故事和筆記，歷歷如在目前。這樣言之有味的人，如果可以午後笑談相聚，定必一樂也。

又如讀《史記》，要讀出史遷的一腔孤憤，也讀出他以史筆繼往開來的幽情；讀《吶喊》與《彷徨》，要讀出魯迅小說背後的深沉喟嘆，讀出中國文化的困局和當時中國人多少的不幸。這份求「深」，是有質素閱讀的合理方向，所以沒有人會用讀偵探小說的心理，只追求情節來閱讀《史記》、《吶喊》與《彷徨》的故事。〈述而〉篇記載孔子說：「不憤不啟，不悱不發，舉一隅，不以三隅反，則不復也。」這種由此及彼的閱讀遷移，是愛讀書的人重要能耐。本書只簡單談到十餘本書，但「意在言外」，閱讀也應在一切閱讀理論和推介之外，建立自己的識見和眼光視野。

楊萬里說「學而不化不學也」，指的是讀書不要「囫圇吞棗」，要轉化積累。閱讀後，「書仍然是書，人仍然是人」，那就是浪費。變化氣質不一定要理論滔滔，有時在作者的風神笑貌，也可薰染，特別是文學作品，書中的季羨林、楊絳、黃仲則、胡燕青和吳美筠，詩文盛載着自己的情感與生活，與讀者分享，也借文字澆灌胸懷情感。至如像古蒼梧的《舊箋》，把七十年代的大學生和時代文化精神，寫得濃淡相宜，絲絲入扣。閱後，又不只是一般文學作品的動人，而是一種淡淡的文化情味，縈繞撩人，久久不去。這樣的閱讀，知識之外，薰染變化人心之力甚矣！劉知幾在〈史通．自敘〉說自己少時讀到《左傳》而慨嘆：「若使書皆如此，吾不復怠矣！」讀到自己鍾愛的書，心領神會，閱讀會產生更大的推動力，也是閱讀予人無盡享受之所在。

念天地悠悠，讀書人

中國文化把讀書求學問處理得很沉重，荀子說：「學不可以已」、「學至乎沒而後止也」，因為中國文化的「學」，是「學做人」，講的是道德人格。《論語》說：「士不可以不弘毅，任重而道遠。」余光中縱然很不喜歡胡蘭成，但也稱讚他：「對於中國歷史，一往情深，對於中國文化，則是絕對信任。」古代讀書人，讀書求學問與進德修業是同一件事，知識分子肩負起道德的責任和使命。研究學問，有時會為生民立命與反思文化，推動民族以至整個人類向前，余英時談文化，沒有為當前許多文化問題提出答案，但至少我們接觸到一種進路。《香港文學大系 1919-1949》編成，研究香港文學有了更堅實的基礎資料可用，都是推動人文教育和關懷的好書。

上面談專精的時候，引用高明「人不明一經取第，雖博奚為」的説話。原來，典故還有一段有趣和頗堪咀嚼的後話，我借之結束此文，與讀者共勉。高明為了明一經而「發奮讀《春秋》」，他的長輩，東山先生趙汸卻勸告他説：「仕子抱腹笥，起鄉里，達朝廷，取爵位如拾草芥，其榮至矣；孰知為憂患之始乎！」（〈送高則誠歸永嘉序〉）如果讀書求學問，只是為了賺錢求名利，炫耀人前，那是下乘的讀書態度，而且讀書，就變成你更營營役役的動力了。東坡説「腹有詩書氣自華」，除了因為因多識而生的機智和自信，更重要可貴是那份沉潛自知的淡定與從容。希望愛閱讀的你們，有一天也明白掌握！

帶着十三郎去俄羅斯

——讀《小蘭齋雜記》

看俄羅斯馬戲團演出，我竟然發現自己的蒼老。小時候喜歡看雜技和魔術表演，更渴望看到難得一見的森林猛獸，所以當然會喜歡馬戲團。現在人過半百，在局促飛機艙內困坐九小時，腰椎肩頸受連番逼壓挑戰後，才可降落到莫斯科機場，此刻坐在黑壓壓的觀眾看台，心境難免複雜。壓軸到了幾頭大笨象出場，披着紅斗蓬，頸上綁一塊偌大的彩色方巾，努力扭動着粗壯的腰肢，叫人想起滑稽戲裏，專門扮演媒婆鴇母之類的搽旦；又像小孩子般天真地繞着舞台的圈子跑，射燈的光柱散亂狂舞，像醉酒的路人，人人都在拍手大笑。空氣中，我竟有說不出的寂寞；我相信那些在努力工作的大象，或者比我更寂寞。

那是讀書人廉價的惻隱之心，比齊宣王以羊易牛的觸動，可能還要「離地」兩分。讀書人啊讀書人！黃仲則〈圈虎行〉慨嘆賣藝的猛虎在主人鞭子下的寒愴：「舊山同伴倘相逢，笑爾行藏不如鼠」，仲則以虎自喻自己的文人落拓，我們何妨宕開一筆，想到天下的落拓，原來都一般模樣，於是我想起南海十三郎……。

我這次往俄羅斯旅行，飛機艙內，睡前的酒店床上，都在閱讀朱少璋主編的《小蘭齋雜記》。《小蘭齋雜記》共分三冊：上冊《小蘭齋主隨筆》、中冊《梨園好戲》（《後台好戲》及《梨園趣談》合輯）、下冊《浮生浪墨》，共收南海十三郎在上世紀六十年代，在《工商晚報》幾乎是每天從不間斷出版的四百零二篇專欄文章，錄共四十多萬字。編者用力深刻認真，對粵劇、對文學、對十三郎，鈎沉之功無量。那是十三郎在文字世界，或者甚至是人生舞台的最後藝術亮相。根據現存資料，這批專欄文章之後，十三郎的行蹤便又再陷入道聽途說，像編者說的「悄悄然又再一次隱沒在茫茫人海之中」（《小蘭齋雜記．前言》），或者只存活在旁人的指指點點、竊竊私語中，沒有人真的認真在乎。正常普通的人生，由年青走到年老，是由強變弱，或者是由雜變醇，可是十三郎的不一樣，他由正變奇、由現到隱、由隱到湮沒、遺忘。

杜國威的舞台劇本，令香港人重新想記和認識這位粵劇名編劇家，不過現代香港人重視十三郎，總因為挾着是唐滌生師父的威名與瘋癲流浪街頭的迷離傳說。我從來不認為這些牽連很重要，而且把十三郎從唐滌生和杜國威的名字梳理出來，是認識十三郎的起點，也是對孤高自負的讀書人的尊重，至少我想十三郎如果此刻坐在我的對面，他一定同意。

俄羅斯每年只有七八九這些月份有和暖的陽光，其餘許多時是冰封苦寒的日子。所以在暑假陽光普照的日間，你會看到許多人光着身子，坐在草披上日光浴。他們視這為天經地義的事，因此橫七豎八，或俯或仰鋪滿一地。香港來的遊客，在烈日下也不敢撐開傘子擋隔陽光，因為這有點像在荒漠中用飲用水洗腳一樣，連想像一下也感浪費。俄羅斯這城市的標示語是高傲，或許與天氣和歷史有關。即使在烈日高懸的日子，俄羅斯仍然給我冷漠的感覺，而且飽滿逼人，像電影中架着墨鏡的黑幫「大佬」，彰示它和美國在國際舞台爭着扮演的角色。東正教堂形狀色彩瑰麗奪目，但對我這作客書呆，總有說不出的「隔」，閒情一遊可以，虔誠深拜卻困難，因為當中有太多不了解的文化疏離。八月的俄羅斯，即使高䠷美麗的女孩子滿街可見，卻難以引動我任何愛情的浪漫聯想。深藏在她們白皙肌膚和深邃的雙瞳背後，似有萬千的不忿和無奈，不知是歷史、是政治，還是終年不多見陽光的憂鬱斜照造成！

這樣的高傲和憂鬱，十三郎一樣有，而且嚴重深刻得多。斜陽晚照，知識分子找不到出路，經濟、政治、生活、思想、文化……在叫人厭倦的時代和夜涼中，不易找到出路。讀《小蘭齋雜記》，最重要是讓我更深刻認識南海十三郎，這是讀本書的第一義。編者朱少璋總結得很清楚準確：

十三郎寫這批文章的時候，正好年過半百，過去五十多年的悲歡離合、得志失意，他生平中最堪回憶的人和事，全都集中在這段重要的回憶之中……他在作品中一再強調個人的「傲骨」、「豪氣」和「耿直」，又不時在文章中表現出「昨是今非」的人生觀，而筆下的一花一木、一晴一雨、一人一事，又在在與作者的愁思或悵念有關，部分文章可能予人「牢騷太盛」、「短嗟長嘆」之感，但畢竟還是作者直率真切的情感記錄，若說這批文章是十三郎的「傳記」、「剖白」、「心聲」甚或是生平的「檢閱」或「總結」，說法大抵都站得住腳。

——《小蘭齋雜記・前言》

十三郎傲岸獨行，多次進出精神病院，四百篇專欄文章夾在精神病發的兩段歲月中間，難得是他頭腦清明，詩才也敏捷，比起古往今來浮沉不自知的人，讀其文，感到他絕對清楚自己做甚麼和為甚麼做。我讀此書，既與高傲才人相遇，也多識梨園舊事，愉悅受用無窮。過程中，不用想像，不用為那些現世讀者在乎、十三郎並不一定在乎的人與事花心力。閱讀十三郎，我的焦點就是十三郎，清楚觸動我的是戰前名重一時的粵劇編劇家，戰後在香港潦倒失意，半瘋半隱地度過一生，世人或忘記、或唾棄、或蔑笑，如果將他放在過去百年中國知識分子史來思考，這是哪門的歷史，怎樣的滄桑！

十三郎生於一九一一年，死於一九八四年，活在二十世紀貧瘠而滿佈烽火的數十年，由廣州到香港，像一朵曾燦爛開在高枝的紅花，最後慢慢凋殘零落在漁港的晚照中。這是二十世紀中國知識分子的一段陳腔、一闋哀歌。說到知識分子，或許沉重，可是質感真實。十三郎的一生，似乎曲折和應着百年中國政治興衰，而且不無諷刺地數說今天香港這沾沾自喜的小城，怎樣市井地失落人文關懷，側面也細奏了香港文學在上世紀中葉發展的一段弦外悲音。

十三郎沒有到過俄羅斯，甚至似乎從未離開過中國，「少年心事，未化煙塵，然與友品茗，北望雲山，益懷故苑」、「友人不諒，以為余狂」（《小蘭齋主隨筆．三十》），他是典型的中國文人，渾身帶着中國文化的典型象徵。如果這樣思考，中國文化在清王朝覆亡後，歷百年滄桑到今天，不也像一個執着的讀書人，抱守傳統士大夫的相信與自負，赢得寂寞顛簸的一生嗎？深情狂放的十三郎，恰好是分明的註腳。十三郎出身書香世家，父親江太史，他自己說父親：「賴先祖餘蔭，有良田二、三百畝，並有鋪戶在佛山……十七歲鄉試，即中秀才。」（《浮生浪墨．一》）至於他自己：「會考初級試且得全校首名之成績，翌年入學試會考，亦列前茅，入香港大學讀醫科二年……」（《浮生浪墨．十九》），為薛覺先編《心聲淚影》而名大噪。「隨筆所至，月編數部」，「二三夕脫稿」，少年得志，早負才名，怎也料不到後來日子會在潦倒落泊中度過。

跫音未遠，我們彷彿聽到中華文化也在發出相仿的嘆息。五四以來，文化上倫理善惡的執着，在現代化的經濟政治沖刷下，文化和歷史都在走身不由己的路。像十三郎一直強調戲劇導人向善，要演「有意識的劇本」、「有世界性」、「側重自由思想，了解人生之矛盾，世情之苦樂，言人之所不敢言，道人之所不能忍……」（《小蘭齋主隨筆．五十四》），他寫劇本強調重氣節，宣揚抗戰精神，提倡愛國，一再表明自己堅守戲劇文化工作者的良心。十三郎作為編劇家，自謂「寫劇志趣，與人不同」（《小蘭齋主隨筆．一二五》），又說「寫粵劇而重戲劇理論者，只余一人」（《小蘭齋主隨筆．三十三》），雖然他的編劇觀，從現代的文學角度看，未必全對，但那份認真要求，「透觀事物，深耐折磨」，加上傳世的名劇名曲，足以書之粵劇史而不朽。

除了編劇，他能詩善畫，《小蘭齋雜記》中的詩作，不乏良篇佳句。他愛花愛自然，喜歡下棋，自謂無酒即缺文思，這些文人品性的展現屢見書中，更重要是他恃才傲物又重義輕利，胸懷情思處處流露中國傳統讀書人的味道，身處戰爭國難：「至生死在天，禍福有命，惟撫心無愧而已。」（《小蘭齋主隨筆．十二》）面對自己的落拓，則是「亦常與鴻儒故舊，來往頻頻，雅士高人，自留潔譽。……非志同道合之文人，余亦少與交遊，明哲保身，固樂於清貧也。」（《小蘭齋主隨筆．一一八》）這樣的中國傳統讀書人，忽然跌陷在無法適應辨識的社會時世，迷失在茫茫人海中，他不是余英時慨嘆被邊緣化了的知識分子，因為他早被擠出圈外，根本連邊緣也沾不上。雷蒙．阿隆（Raymond Aron）說：「對於知識分子，逼害比漠視更好受」，對於才氣自負的中國文人，漠視本來就是逼害的一種，而且是最折磨人的一種。

從文學資料的角度看，十三郎是香港文學評論者常說的「南來作家」，而且十分典型。他忠於自己的戲劇觀，對於居住在香港，完全是一種「違難」的心態，有說不盡的鄉愁和家國情，觀察、感覺香港這彈丸之地，對當時社會有很多不滿和批評，這些，都是我們今天簡單歸納南來作家或學者的常見心態。十三郎屬於南來前已成名的一類，居港後已無重要作品出現，可是《小蘭齋雜記》數百文章的出現，足見他仍保有作家的觀察和感覺，而且文字宛轉清麗，水平甚高。無論是編劇家還是南來作家，我們還是可以用平常心來關注作為讀書人的十三郎，就如小思說：「讀作家交出來的心血成果，通過作品理解他們，或者考察他們處境心態，更深地解讀他們的作品，給他們在文學上應有的評價。」（〈「南來作家」淺說〉）從香港文學的角度讀十三郎這批專欄文章，答案何嘗不是如此？

《小蘭齋雜記》的文章，大概寫在我出生的時候，到今天，我又恰恰逼近十三郎當年寫這批文章的年紀。走到人生相同的階段，體會感受着不同世紀、卻本質一樣的小城市大虛偽。現代人說十三郎，除了感慨，還應有省思……

我在飛機艙內閱讀他，窗外的俄羅斯依舊沒有燦爛的陽光，即使有，也透不進冷冷密封的飛機艙。跟重視唐滌生不同，唐滌生只因為編寫粵劇的才華進入我的文學世界，十三郎卻是南來香港，被都市發展棄如敝屣的知識文人，在他那裏，除了藝術，我還感受到絮亂的人生與憂鬱的時代。兩個名編劇是紀傳體中不同類別的記載，給後來追慕者不同的啟示，因此我從來不在乎他們的師徒關係。如果即景描情，唐滌生是五光十色的醉人巴黎，有太多吸引的本相聲色；十三郎卻是疏離自高的孤傲俄羅斯。在漫天色變的種種舞台上，儘管已是「百戰歸來」，仍然獨坐一隅，高吟「隻手耕耘天欲雪，壯懷如我更何人」！

少璋在給我的贈書扉頁上題詩：「四百舊文章，盲翁又作場。唯君能會意，戲夢比情長。」一切的閱讀，其實都是作者編者讀者，在不同的時間空間座標上，憑着詩心才情，交織的綰結與相連。帶着十三郎去俄羅斯，我知道少璋不會介意，十三郎，更一定不會介意，而且自有他欣賞和共鳴這高傲、冷漠城市的角度與目光。

延伸閱讀

朱少璋編、南海十三郎著《小蘭齋雜記》，香港：商務印書館，二〇一六年。

山河裏有人

——讀胡蘭成散文

我不是張迷，評論胡蘭成可以少一份顧慮。我也不認為評論胡蘭成的散文成就，必定要和他的漢奸身份拉上關係。文學欣賞中的作者文品人品，可以是淡如水的君子之交，心領神會就是，未必裂眥死活，不共戴天。唐君毅對胡蘭成青眼有加，相交終老；同是新儒學宗師的錢穆和徐復觀則有意疏遠，一直劃清界線，就很能說明問題。

胡蘭成二十一歲在燕京大學副校長室擔任抄寫文書，在抗戰時期，為汪精衛的親日偽政權服務，任宣傳部副部長。抗戰勝利後，當全國百姓都慶祝趕走日本人之際，他隱匿溫州，然後逃亡到日本，留日多年後回台灣教學，最後死在台灣。這樣人物，或許只是異族欺侮的亂世走卒，歷史地位不高，可是他的文章實在寫得好，善鑽營，加上對中國文化有獨特情感和認識，與張愛玲一段迷離愛戀，在在成為話題。他一生著作不少，其中《今生今世》和《山河歲月》兩書最為世人所重，值得留意和傳世，他自己也說：「我寫『山河歲月』與『今生今世』未成，連乘飛機也避免，怕說不定遭難。」（《今生今世．瀛海三淺》）其他如陳子善自言「多方搜尋」，二〇〇七年編成的《亂世文談》（天地圖書出版），補遺抉漏，也相當可讀。

胡蘭成留下的著作很多，散文、文評、哲學、文化、政論的都有，部分用日文所寫，不過我只想從文學角度看他的散文成就。我看重他的《今生今世》，情感宛轉，語言文筆也實在好，用中國白話文字能如此描畫抒情、如此敍述說明，一百年來，並不多人。他自己很重視另一部作品《山河歲月》：「那時我有《山河歲月》這部書與世人做見面禮，這部書我現在一面寫，一面生出自信。」

（《今生今世．永嘉佳日》）不獨自信，而且寄以厚望，在給唐君毅的信中，曾言：「頻年以來，以勘破生死，尚幸生死之邊緣甚寬，足容遊嬉耳，而惟為此書耿耿，常恐先書成而委溝壑，則又在達與未達之邊沿上矣。」（〈致唐君毅信第三〉）

對於胡蘭成，我是「其人不能欣賞，文章卻甚感喜歡」。胡蘭成文章的文字好，想像和描寫的筆力都高，著作話題廣泛，政論藝評雖不見驚喜服人，但博學多思卻是事實。大節有虧，個性搖擺，不應影響評價胡蘭成的妙筆，這是理智讀者應有的誠實和胸襟。朱天文說胡蘭成：「寫理論學問如詩，寫私情詩意又如論述。」（《閒愁萬種．編輯報告》）我同意，胡氏理論文章很多，對中國文化和政治經濟省思不少，但皆「六經註我」（唐君毅語），未見紮實深刻，評論預測，證之後來，也未見先知卓見，重要的文章仍是那些「私情詩意」的部分，而且價值都在文學藝術和文字水平等方面。

《山河歲月》以傳統知識分子角度和位置，寫中國文明和世界，比較、互動，勾出傳統中國優越之處。書裏許多觀點我不同意，許多資料也未必肯定，但背後對中國文明有良善的期望和總結。余光中在四十年前撰文大力批評《山河歲月》，寫了〈山河歲月話漁樵——評胡蘭成新出的舊書〉一文（見《青青邊愁》），對他的觀點和情感嚴厲批評，罵得很不客氣，特別是對抗戰的激憤和文化省思的不足。其實胡蘭成也知道自己有偏頗：「拙稿中尚頗有着意譽中國處，亦是毛病。」（〈致唐君毅信第五〉）

縱然如此，余光中同時以一代詩文名家，還是得認同胡蘭成的文字工夫，稱讚他：「於中國文字，鍛鍊頗見功夫，句法開闔吞吐，轉折迴旋，都輕鬆自如。遣詞用字，每別出心裁，與別不同。」他也欣賞胡氏的博學：「作者學兼中外，對於中國的文化傳統與民族風情都頗有認識，具能處處與外國文化相提並論，時有卓見……胸襟恢宏，心腸仁厚，對天地間一切人物，都表示尊重與同情，字裏行間，充滿了樂觀精神。對於中國歷史，一往情深，對於中國文化，則是絕對信任。」《山河歲月》書中論述不夠科學，推不出很紮實的結論，讀者不能太認真，但那是中國讀書人的一種情懷，值得敬重。全書的文字工夫很好，行雲流水，處此多難多愁的中國與時代，對於讀者，就不是歷史觀如何的問題，而是像夜雨敲窗，逆旅相逢的飄泊士子，同是天涯淪落，未必有相同的襟懷抱負，但何妨借此清夜，細訴家國歷史與文明。如唐君毅說的：「讀者心知其意，亦可相契於言語之外也。」（〈致唐君毅信第十七〉）

《山河歲月》的妙處，正如上文引余光中說的「文字」和「博學」。他筆下文字鮮明簡潔，有節奏感，取喻描摹，獨特而準確有力，把一個時代說得鏗然有聲。例如寫民國景象：「那班人的豪華，世俗得明亮，不是單靠權位金錢就能有的，還是因為有一個時代的風氣，那時是街上陌上的眾人都眉目清揚」；寫辛亥革命：「軍事的局面這樣快就結束了，開門見山就立憲，馬上建都南京，大家請孫中山先生回國當臨時大總統，那一代人的行事真有大丈夫的灑然……草木不驚，已都是春天，辛亥革命亦城郭山川無恙，就已經是民國世界，歲月都堂堂了。」眉目清揚，歲月堂堂，筆法多變，疏密也有致，到了寫五四運動，轉了另一個角度，把大時代縮龍成寸在小鏡頭中：

彼時我年十四五，在杭州中學校做學生，星期六下午沒有課，日子非常悠長，如果不出去，一人在教室裏用功，只覺校舍的洋房如理性的靜，而理性到了是靜致，它亦就是感情的流遍了。於是翻開英文課本來讀，聞聞潔白的洋紙都有一股香氣。

胡蘭成的文字就是好，靜中有動，亦理亦情，大時代動盪紛亂背景中，淡淡輕流的一個畫面，情味動人。他對國民政府、共產政權的評論，早溢出文學之外，我輩知識文人自有胸襟識見，容而化之。無論我們今天怎樣評價，那就是當時人們所處的時代，像他引張愛玲的說話：「現代的東西縱有千般不是，它到底是我們的，於我們親。」（《今生今世．民國女子》）也如他自己說：「可是動人的只是當時的情景，不是當地的風景。」（《隨筆六則．一》看他在《山河歲月》寫五四運動，沒有大鏡頭，除了上引一段中學生活的回憶，也雜擷三兩個有出息有理想的年青人，拼幾件零碎的往事，一個時代的青年氣息，思想情貌，便隱約可聞。這樣的筆法在《今生今世》更集中濃稠，叫人不易排遣。《今生今世》一開始：「桃花難畫，因要畫得它靜」，文字和繪畫在這裏碰撞，到這段的最後：「春事爛漫到難收難管，亦依然簡靜，如同我的小時候。」春事的爛漫簡靜，不只是大自然的事，輕輕擺蕩，就把文字融入童年的追憶敍述中，文字工夫靈巧圓融。

讀胡蘭成，他筆下理性分析和論述不易有共鳴，不過才情博學，在他刻劃中，情境氣氛感動人心，而他又很能將情感人心和景物環境融合得很好，這不只是文字的工夫，還在作者對生活和環境感受與表達，《今生今世》的前部分，寫自己的童年，在景色中暗暗鋪開全書：「一片成熟的金黃色，與村落路亭，遠山遠水，皆在斜陽蟬聲裏，如我此生的無窮盡。」（《今生今世．韶華勝極》）這不是孤立的情景交融，文章往下去寫自己和庶母走到樓上，一望生起天涯的悵然：「江山無限，是私情無限。庶母見我如此，她就不樂。詞裏有『新帖繡羅襦，雙雙金鷓鴣』，女子對於丈夫或兒子，舊式的想法是中狀元，與她像金鷓鴣的安定，但我是要飛去的。」（《今生今世．韶華勝極》）這樣的揮灑文字，意象優美又聯想蹁躚，輕盈古典又穩穩斜插，情味中人若醉。

這樣優美、情致綿綿的文字在《今生今世》很多。胡蘭成強調「格物」，寫風景和環境，愛以一種主觀融入的角度，常愛說人在風景中，存在與認識，上文引過「可是動人的只是當時的情景，不是當地的風景」，欣賞胡蘭成散文，也不妨從此角度切入：「比學校教育更好的仍是紹興杭州的風景，使我的人亦在風景裏」（《今生今世．韶華勝極》）；「原來中國人的家非止是一種社會組織，而更是人世的風景」（《今生今世．天涯道路》）。談到自己的作品，也是「我寫今生今世，雖亂世的人身與物亦如在仙境佛地，此是格物的真本領」（〈致唐君毅信第七十〉）；在書中寫到最後一任妻子佘愛珍，也不忘要說：「她也是看花的少，看人的多，在她是世人皆成風景。」遊雁蕩山，更把這種人景觀說得清楚：「有些人遊賞風景，乃是干涉，要把這風景來怎麼樣，且把自己來怎麼樣，而我是只在這一刻修到了格物。」（《今生今世．雁蕩兵氣》）

因為這種自處和觀照事物角度，加上文字工夫、聯想力，造就胡蘭成描寫筆墨下筆靈巧，取喻新奇，卻獨特貼切。在《今生今世》寫民國，用戲台設喻，有趣，又深刻道出對當中的憐惜欣喜：

新朝的一切還是草創，像舊戲裏漢王劉邦將要出來，先是出來一個又一個的校尉，各執一面短柄大旗，走到臺前揮動一下，挨次分兩旁站立，表示十萬大兵，這份校尉的臨時湊數，有的原是旦角，粉黛猶殘，珠髻上戴一頂校尉帽，身披勇字對襟掛，這種草率我覺得非常好。民國世界的事，如辛亥革命及這次北伐，乃至後來的抗戰及勝利時受降，皆是烏合之眾亦可以是好軍容，許多來不及的人像花旦扮校尉，實在是新鮮。

即使我們現在回望，對民國時代的整體感覺未必如他說，沒有可愛的軍閥，更清楚聞感當中的腐敗，不過胡蘭成筆下，環境和情景自成一種氣氛色彩，不管喜不喜歡。從文學角度看，他善用比喻，聯想有情味，這是讀其散文的重要樂趣和享受。例如《亂世文談》記他説周作人：「他不是與西風戰鬥的落葉，然而也是落葉，掉在明窗淨几之間，變作淡淡的憂鬱了。」（〈周作人與路易士〉）這種中國士大夫味道濃厚的思想和表達，在胡蘭成散文不難可見。

不過胡蘭成的散文獨到處仍是在寫人，特別是女人。根據胡蘭成自己在《今生今世》的記述，此書是他在日本清水市龍雲寺開始動筆，《今生今世》寫了許多女子，除了如唐君毅說的：「不知者讀之，只是羨慕你老婆多。」（〈致胡蘭成信第五十〉）平情而論，用情不專，風流儇薄，我們如何責罵，他難洗薄倖漢奸之名，但也不得不承認胡蘭成筆下，這些女子在書中或溫柔婉順、或靈巧聰慧、或純情體貼、或剛強爽颯，卻總都是形象鮮明具體，讀者如見其人，如感其實在，而且先後出現書中，筆法和角度多變，但又揮灑自如，恰在其度，像《紅樓夢》的群釵，絲毫沒有重複之感，此亦實在是胡蘭成寫人敍事，功力甚高的緣故。有時平白道來，捕捉生活細節，例如寫自己的花燭夫妻玉鳳：

人世就有這樣的水遠山長，而玉鳳亦是這樣的愁。她每和娘娘要說

些蕊生的甚麼，未及說得一半，見娘娘笑起來，她也慚愧笑起來，但她心裏真是歡喜的，到底等於甚麼也沒有說。（頁一五一）

玉鳳與他屬舊式婚姻，老實內斂，是忠厚守本的鄉村婦。到了描寫跳脫而有着強烈獨特個性，而充滿反叛性格的張愛玲，寫來又想像豐富，抓住精準的比喻，寫出她個性：

她又像十七八歲正在成長中，身體與衣裳彼此叛逆。她的神情，是小女孩放學回家，路上一人獨行，肚裏在想甚麼心事，遇見小同學叫她，她亦不理，她臉上的那種正經樣子。（頁一六九）

具體、家常，又準確。印證我們通過作品中認識的張愛玲，不禁暗暗點頭，到了寫純情善良、對他一往情深的護士小周，場面選擇又自不同。描寫久別重逢的場景，樸實具體，正是活現而配合小周的羞怯單純、情深和愛情路上的身不由己，令讀者既愛亦憐，也充分表現人物形象特點：

她一鼓作氣飛奔下樓，到得半樓梯卻突然停步，只覺十分驚嚇，千思萬想，總覺我是一去決不再來了的，但是現在聽見樓下我竟回來了，竟似不可信，然而是千真萬真的，與世上真的東西一對面，把她嚇得倒退了。她退回三樓上，竟去躲在她自己房裏，還兀自心裏別別跳。（頁二三五）

至於溫州逃難時遇到秀美，相逢亡命天涯，又是另一種風華。初相見，「只覺她的言語即是國色天香」，然後聽了她述訴的往事，運用豐富想像才情，濃筆重墨寫下：「她的身世呵，一似那開不盡春花春柳媚前川，聽不盡杜鵑啼紅水潺湲，歷不盡人語鞦韆深深院，呀，望不盡的門外天涯道路，倚不盡的樓前十二欄杆。」（頁二七六）到了認識以至相親，這位在他筆下世故大方，也是飽歷人事滄桑的紅顏知己，則依然利用文學藝術來映襯：「她是一切感觸皆歸結於做人的道理，像詩經的曲終奏雅，世上自然平靜。」（頁三二一七）胡蘭成寫人物，人物自身中有呼應統一，人物間又筆法多變，靈活熨貼。

又如描寫日本婦人一枝的出場，是「人比花低」的場景，襯托人物的羞怯低迴：「早晨一枝進來我房裏掃除。我臨牕趺坐，對着新洗抹過的几面，上放着紙與筆，紙如荷池，筆如菡萏，在朝露中尚未有言語。我請一枝坐，她亦就放下巾帚，在几側跽坐一回。我愛這樣低的牕檻，低的几，低低坐着的人，……」（頁三九一）這是人與情境的糅合，一枝在書中，正是一片寧謐中「低低坐着」的形象，胡蘭成寫得深刻準確，人物在情境和氣氛描畫中，更鮮明更突出。

至於佘愛珍，是他可見情愛史的終點站，唐君毅說得最好：「兄書將兄平生善惡之事收拾於一卷之中，即是大事已了，綺夢閒情從茲斷絕，與賢夫人共偕白首。則道在邇而大信立於家室矣！」（〈唐君毅致胡蘭成信第九〉）他與愛珍的日子最長，書中描寫也拉展得最開，人物也就慢慢表現出來。過程中，他像站在一旁，或憶述、或評點、或嘆喟，這段「最正式合法」的婚姻，非常平實寫來，完結了胡蘭成一生聯七繫八的情史。

《今生今世》的末尾一章「社鼓溪聲」，其中一節，胡蘭成寫在羽村電車上看見一「好女子」，他用工筆細寫，由衫裙、鞋子、眼皮、指甲、眉毛、臉頰到身材，乍看似是登徒浪行，深想卻是全書縮影。胡蘭成愛從筆下女子表達描摹身處的時代世界，這一特點，讀他散文不可輕易放過，所以在後面他還是如此結束這段落：「此時世界若有事故發生，只可以是比她還小的頑童，撩她一把，挨她罵。」寫花寫月寫紅顏，他有意無意地，着力寫出時代人世中清麗寧謐間的美。《今生今世》的可讀，不少是因為這一群情深義重的女子群像，這與胡蘭成愛說的人在景中的筆墨，也呼應着。像他自己說的：「而因此花樹乃不寂寞，山河裏亦真的有人了。」（〈致唐君毅信第四〉）「山河裏有人」，是讀胡蘭成散文的重要解碼。胡蘭成寫景物時世，喜人我相融；筆下身世有各自淒涼的女子，都一樣「華麗深藏」（胡描寫庶母用語），都比他深情和可愛，或者，這也算是讀《今生今世》的一種重要得着。

延伸閱讀

胡蘭成著《今生今世》，台北：遠行出版社，一九七六年。
胡蘭成著《山河歲月》，台北：遠景出版社，二〇〇三年。
胡蘭成著《亂世文談》，香港：天地圖書有限公司，二〇〇七年。

情人怨遙夜

——讀胡燕青《蝦子香》

和以往的《小板凳》、《更暖的地方》等散文集不同，胡燕青《蝦子香》的題材內容很不集中，既沒有統一或相近的主題，篇幅長短參差，甚至每篇文章背負的情緒、展現的風格也不同，明顯不是一時一地之作。正因為「雜」，卻更見多變的面貌和風格，二十八篇文章，抒情敍事、寫景懷人、說理明志，可謂包羅盡有，是《蝦子香》有別作者其他散文集的重要特色。

此書是「第十二屆香港中文文學雙年獎」散文組首獎作品。不過，由第一本散文集《彩店》開始，胡燕青散文吸引好看，首先因為俯首皆是的清通優美語言，幽遠而耐嚼的意象和聯想。像寫為人父母，面對兒女長大，難免暗生的寂寞怨懟：

寂寞像黃昏漲潮，水色模糊且散發着一點點酸澀，一浪高似一浪地湧過來。沙灘上可以立足而不給弄濕的地方已經所餘無幾了，即使睡在床上，那深褐色的香仍追着我的鼻子來咬。

——〈蝦子香〉

集中的紀遊文字，又是另一番筆墨，陶醉在威爾斯的美麗景色，把美景和個人情感間的勾連離距，寫得饒具情味：

站在威爾斯任何一個山頭，你都會覺得自己活在一個給河水濾過的廣角鏡中，清潔，但憂傷，接近天空，但也離它很遠，被大自然緊緊擁抱着，卻又承載不了這麼綿密樸素的大自然。

——〈色色之間〉

作者善於將對生活的觀察和省思，通過優美文字和巧妙文學手法表達出來。另一方面，對於讀者，《蝦子香》更具感染力的是作者那份對生活、生命的良善正直和由此產生的感動。胡燕青早就表明：

靠着多聞善感的存積，靠着透明如水的靜觀，靠着往復來回的思索，靠着生活平台上天天來訪的每一隻小麻雀，我繼續寫作的路。

——《小板凳・後記》

集子中有省思說理的文章，例如〈也談嫉妒〉、〈幽默和刻薄〉，作者不意在譏諷打壓，只希望能帶引讀者到更高的境界、更廣闊的視野，不只談病理，更開出療方。事實上，散文比之詩和小說，更直接坦率呈現作者的性格情感，這也是散文永遠能在文學這「小眾」天空中，擔當「大眾」的原因。《蝦子香》也可如是觀，讀者讀到作者的喜怒哀樂，例如帶點惱火的〈名校演講記〉、〈對話〉；愛深責切的〈大學教育的天空很小〉、〈抄襲魔風〉；省思生活的〈鄰舍〉、〈箍煲〉；苦口婆心的〈敵友難分〉、〈冤枉路〉；懷人念舊的〈從點名說起〉、〈百年千日，我在其中〉；藝術視野的〈去看《姊妹仨》，去看我們自己〉、〈羅進二的書包〉，當然還有末尾幾篇描寫成長和親人離逝、宛轉情深的文章。

欣賞此書，還有很多切入的方法，例如人物塑造，書中出現眾生貌相，筆墨最多的母親之外，還有父親、兒女、外婆、同事、學生和舊同學。這些每個人生命和生活中的重要角色，在作者筆下，都展示出生活和生命的力量。又例如比較閱讀，兩篇說理散文〈也談嫉妒〉、〈幽默和刻薄〉固然可以比較，其他的文章，比讀下，亦可以看出作者寫人寫情手法靈活，角度多變。例如〈對話〉的年青醫生和〈計程車上〉的落拓的士司機，描寫兩個散落人海，又是日常生活很容易遇見的人物。萍水相逢，一個出言不遜，一個黯然落泊；一個灼灼目見：「看起來不過二十八九，頗為俊俏，戴着大大的口罩，鼻樑上是一副方框眼鏡，一看就知道是個讀書人。」一個只可偷偷觀察：「我嘗試通過倒後鏡的水銀玻璃去接觸他的眼睛。小小的長方形內，他的目光拒絕我的探問。」同是優秀出色，又各懷不遇，通過比讀，見到作者寫人筆法靈活多變，觀察社會，處處入微。

散文集以〈蝦子香〉為名，也是全書用力最深的文章。文集內由〈從老房子到小山坡〉開始的最後幾篇文章，都是寫與家人，特別是與母親的相處和感情。通過這幾篇文章，讀者認識作者母親宋慕璇女士，也讀到作者和母親間的微妙情感，而最終落在〈蝦子香〉一文作結。

文中一方面寫作者在母親過世，父親走到暮年，交加而生的傷心和無力。另一方面，又用情人節為線索，寫自己與兒女的感情，結構上兩條線，既分開，又交結，而以「食物」為縮結推移的線索。這篇文章的一大特色是出現很多食物的意象，是結構鋪展的依靠，又具強烈表現力，互為映照，卻又各有背負。例如爸爸捧着那「冒煙的金色薯肉，汁液溶溶，柔軟而溫熱」的番薯時，醫生告知家人他要開始吃抗抑鬱藥；一家人熱鬧地弄餃子、吃餃子和拍照片，但大家心底明白：「人總不能熱熱鬧鬧地傷心。」於是鏡頭慢慢回到與父親在情人節晚上一起吃餛飩麵，「我看着他搖搖晃晃的背影消失在春節燈飾的彩光中，心裏分不清是開心還是難過。」冷熱光暗的對比調度，抒情力度更深。

作者選擇用情人節為背景來寫親情，言近意遠，我願天下為人兒女的讀者都能領會。文中的蝦子香味，是明白的象徵，爸爸不讓侍應生取走餘下的蝦子湯，當然不是因饞嘴。全文以食物意象貫穿，熨貼自然，結尾畫龍點睛：「餛飩湯的蝦子香仍在齒間徘徊，如今巧克力的奶油甜又要來接力了。我忽然想起了媽媽和爸爸的饞，熱淚盈眶。昨天夜裏從烤箱源源溢出的，又豈止是一個甜蜜的節日呢。」讀胡燕青的《蝦子香》，我想起「情人怨遙夜」的深邃。生命中的悲歡離合，浩瀚律定，叫人逃不開躲不過，只是我們如果對身邊一切，真能用心去愛去關懷，明日泛舟重遊，仍必可見到一個「海上生明月」的晚上！

延伸閱讀

胡燕青著《蝦子香》，香港：匯智出版有限公司，二〇一二年。

因為慈悲

——在二十一世紀讀《論語》

祭孔，不如讀《論語》！

《論語》要讀，要思考，要實踐，方才顯得意義。今人不求甚解，輸於流濫，誤解《論語》和孔子，以為中國傳統文化就是老去的一套。例如以為中國文化不重視「利」，有「仇富」的傳統，卻不知孔子只說：「不義而富且貴，於我如浮雲」，強調不取不義的富貴；又說：「富而可求也，雖執鞭之士，吾亦為之；如不可求，從吾所好。」書中一句啟人深思的說話：「學而不思則罔，思而不學則殆」，這是「經典自道」，為今天研習《論語》者，一針見血地道出了方法。我們讀《論語》，如果人云亦云，或者只背誦章句，不思考，不明白其中意思，固然沒有用，即使透徹理解，而不能將其中智慧，用之生活和生命之中，這書也只能是一本古書、老骨董。因為有思考、感受，放在生命和日常生活當中，就不是教條。只記誦，不思考理解，不放在生活和人生中體會，是讀《論語》下乘的方法。

我們不是相信一本書、相信一個人，而是經過思考和感受，接受儒家思想有助我們安身立命，建立充實人生的部分。明代李贄說得很好：「夫天生一人，自有一人之用，不待取給於孔子而後足也。若必待取足於孔子，則千古以前無孔子，終不得為人乎？」我們讀《論語》，不因為孔子，不因為它是傳統經典，因為它有真智慧，對我們安身立命，有重要的啟導意義。啟導和被啟導，當中是思想情感和聰明智慧的交流，不是硬梆梆地說一句老套和教條就描述了。

古人有半部《論語》治天下的故事，主角是北宋宰相趙普，他在歷史上不見有美名，但是《論語》一書卻影響深遠。數千年來，這是帝王書，也是平民讀書人最重要讀本，可說是影響中國人最大的一本書。到今天，面對中國經典，現代人常強調要找出現代意義，卻不知智慧隨人類文明自生而發展，本就穿越古今中外一切物理時空。你真的能讀懂，意義就隨着生出。

讀《論語》，可以幫助我們處理三種關係，首先是人和自然的關係。孔子說過：「未知生，焉知死」、「未能事人，焉能事鬼」、「祭神如神在」等說話，背後是務實和誠敬。其次是與其他人的相處和關係，中國文化講究用情用敬，「善」，就是用最尊重體諒而富感情的方法模式處事。最後，也可能是《論語》對古往今來的人最大的啟示指導，就是處理和自己的關係。《論語》中，孔子總結自己一生說：「十五而有志於學，三十而立，四十而不惑，五十而知天命，六十而耳順，七十從心所欲，不踰矩。」由成長、學習到面對死亡，人生天地之中，無適無莫，內省不疚，雖然顛沛奔波，但可以安心實然走過人生。

這是對人生最大的指導，《論語》能不朽，永恆於古今中外的思想世界，這是重要價值和原因。

不過，《論語》雖博大精深，精義仍在「仁」之一字。「仁者愛人」，是《論語》最本質性的意旨。孔門重視的是「君子」、「道德」之學，如果我們尋其「吾道一以貫之」，那是一個完整的生命歷程價值觀。所謂「殷尚鬼，周尚文」，孔子的偉大，是把情感意義帶進了中國文化。器物的意義是禮樂，禮樂的意義是人情。孔子說：「爾愛其羊，我愛其禮」，着重的其實永遠是人類的情感。現代人讀《論語》，特別是年青人，不需持學術研究的眼光，意圖為孔子理出一套經得起精密分析的思想系統。知識論的工作，西方人很講究，而且也做得比中國人好，但卻不見得整套價值觀念就比中國人好。這樣的學術工作，年青人不容易做得好，要做，留給大學教授好了，而且也不見得是讀《論語》的第一意義。讀《論語》，如何將之放在生活和生命中，汲取領會其中的智慧，了解「志於學」、「志於仁」、「志於道」的孔子生命追求，活化這本來就存在於生活，而且能啟發指導我們生命的經典。

諸子百家思想各有精彩，儒道兩家更影響中國人數千年，由日常生活到心靈深處、生死禍福的面對，豈能不認真而準確認識。老莊思想少年人可望難即，但孔孟仁義之說則人人皆可為，願現代人知之重之。儒家相信人性本善，這就是仁。相信社會需要秩序，這就是禮。相信人和人之間要有適當的相處，這就是善。相信人與大自然有理想的共存，這就是敬。這些相信都是人生在世，或自存內身，或需向外實踐，但都是達到健全人生的條件。讀《論語》，要具體掌握、張揚揮灑人性中的慈悲仁善，面對自己、面對中國文化，建立合理的自信自重。

張愛玲說過：「因為懂得，所以慈悲」，很有意思。孔孟之道其意稍不同，人性本善，「慈悲」自早在於人道之中，我們只要順其發展，不讓它迷失，自然可以成就「仁」，與張氏所說的因果倒置，所以說：「仁遠乎哉？我欲仁斯仁至矣。」我讀《論語》，不敢說懂得，或者僅憑理應人人俱有的微末慈悲，安頓心靈，如真有所得，亦早已在閱讀之外。

延伸閱讀

楊伯峻著《論語譯註》，香港：中華書局，二〇一一年。
朱熹撰《四書章句集註》，北京：中華書局，一九八三年。

文史相兼

——天下第一的《史記》

古往今來，沒有一部史書像《史記》一樣，它的出現，會影響，甚至決定了民族二千多年記錄歷史的方法。古往今來，沒有一部史書像《史記》一樣，言人情述故事，對歷史寄託作者滿腔情感、無盡幽懷。古往今來，沒有一部史書像《史記》一樣，不獨是史學的正史經典，也是中國民族漫長文學史上橫視一代、影響數千年的重要作品。在文字中注入一腔熱情，這是文學。借人事興亡盛衰，寄託一己孤憤，那更是文學的行為。《史記》的無盡吸引，與文學手法有很大關係，也使它二千多年來皆躋身中國文學經典之林，大學的中文系，幾乎是必修的專書專科。描寫人物的藝術成就，中國古書中，沒有多少本可以和

《史記》相比。

讀中國歷史，當然不只是為了鑑古知今，若然，則讀任何一國的歷史都可。李世民的以史為鏡，司馬溫公用歷史資治亂之鑒，從來都說出中國歷史意義的一部分，而且是為帝王家立言。《史記》除了奠定紀傳體的中國史筆傳統，更拈出人事，超乎天意，契合儒家人本文化，又道出世事滄桑變化，興亡的背後因果，雖與西方歷史尚客觀事實不同，但獨具面目。

讀《史記》，要讀出司馬遷的那一聲聲長嘆。司馬遷獨寄幽懷，「此人皆意有鬱結，不得通其道也」、「恨私心有所未盡，鄙陋沒世，而文采不表於後也」。讀出史家萬千悲憤，一腔心事，是讀《史記》的大快樂處，也是有識讀者與作者心神相契處。司馬遷自己說：「究天人之際，通古今之變，成一家之言」，這樣的作史用心，令《史記》的文字背後，無限深藏，讀《史記》，不讀出太史公背後的一腔心事與情懷，幾乎是白讀。《春秋》、董狐，固然是中國史家的超拔，但讀《史記》，幽微心事、深沉喟嘆，借書中上至王侯公卿，下至販夫走卒的造像，產生無比的藝術吸引力。且引一段我喜愛的《刺客列傳》分享：

襄子當出，豫讓伏於所當過之橋下。襄子至橋，馬驚，襄子曰：「此必是豫讓也。」使人問之，果豫讓也。於是襄子乃數豫讓曰：「子不嘗事范、中行氏乎？智伯盡滅之，而子不為報讎，而反委質臣於智伯。智伯亦已死矣，而子獨何以為之報讎之深也？」豫讓曰：「臣事范、中行氏，范、中行氏皆眾人遇我，我故眾人報之。至於智伯，國士遇我，我故國士報之。」襄子喟然歎息而泣曰：「嗟乎豫子！子之為智伯，名既成矣，而寡人赦子，亦已足矣。子其自為計，寡人不復釋子！」使兵圍之。豫讓曰：「臣聞明主不掩人之美，而忠臣有死名之義。前君已寬赦臣，天下莫不稱君之賢。今日之事，臣固伏誅，然願請君之衣而擊之，焉以致報讎之意，則雖死不恨。非所敢望也，敢布腹心！」於是襄子大義之，乃使使持衣與豫讓。豫讓拔劍三躍而擊之，曰：「吾可以下報智伯矣！」遂伏劍自殺。死之日，趙國志士聞之，皆為涕泣。

《史記》的精彩片段多不勝數，《刺客列傳》寫了五個名留千古的刺客：曹沫、專諸、豫讓、聶政和荊軻，後世最重荊軻，本傳五千多字，三千多字是寫荊軻的，不過，我最喜愛豫讓的故事。豐富完整表現《史記》的超卓處，如人物形象、作者意氣、文章佈局氣氛等。上引這一小片段，豫讓為了要替智伯復仇，不惜漆身吞炭以自殘，曾說：「士為知己者死，女為說己者容。今智伯知我，我必為報讎而死，以報智伯，則吾魂魄不愧矣。」第一次刺殺襄子，事敗，襄子念其為賢人，放走了他。到第二次再失敗，他自知必死，但仍念念不忘要報智伯知遇之恩，對襄子說「請君之衣以擊之」、「致報讎之意，則雖死不恨」，最後「拔劍三躍而擊之」，人物形象寫來栩栩如生，氣氛緊張吸引，極富電影感。回答襄子的一句：「國士遇我，我故國士報之」，真個透徹淋漓，說盡了中國數千年來知識分子的肝膽！

《史記》名傳千古，但篇幅五十二萬六千多字，如果要選本，可讀清代姚祖恩的《史記菁華錄》，除精選了重要片段，評點也具識見，對於非專業的讀者有很大幫助。《孟子．離婁》說：「大人者，言不必信，行不必果，惟義所在」，《史記》說這些刺客游俠，則直言：「言必信，行必果」，讀《史記》，上乘者要用心用情，史遷一腔心事，對儒學、對道家，自有傲睨萬世的目光。總之，《史記》產生的巨大影響，不獨在史書，也包括文學，特別是寫人記事的方法。文史相兼，天下第一！古往今來，沒有一部史書像《史記》一樣，有這樣獨特的地位和影響力

延伸閱讀

瀧川資言著《史記會註考證》，台北：天工出版社，一九九三年。

姚祖恩編著《史記菁華錄》，台北：聯經出版事業公司，一九八七年。

如畫的文學風景

——喜見《香港文學大系1919-1949》出版

看到《香港文學大系1919-1949》(下稱「大系」)出版，由衷鼓掌之餘，也難免縈懷觸動。二千年前後，我在香港藝術發展局任文學顧問，記得有一次會議討論資助本地學者編寫《香港文學史》。會上有一些有心人，大家都感到當時可見的一些境外人士主編和出版的香港文學史，實在過於疏漏，香港文學應該有屬於自己的一套文學史。會議最後沒有促成文學史的出現，因為那是由人到錢到政府行政規條，處處都是拉力和框限的事情。十多年後，在眾多同道之士的努力下，十二冊的《香港文學大系1919-1949》出版，眾體並備，由各體作品到評論和資料，縱橫開闔，新舊能容，雅俗相兼，洋洋灑灑橫立大家眼前，豈不美哉！

總主編陳國球談論《中國新文學大系》的編纂時說：「《中國新文學大系》的結構模型——賦予文化史意義的『總序』、從理論與思潮搭建的框架、主要文類的文本選樣，經緯交織的導言，加上史料索引作為鋪墊——算不上緊密，但能互相扣連，又留有一定的詮釋空間，反而有可能勝過表面上更周密，純粹以敍述手段完成的傳統文學史書寫，更能彰顯歷史意義的深度。」（〈總序〉）無論香港自有的「文學大系」，以何種面貌和結構登場，整理檢視和敍寫的意圖都強烈明顯，而且理直氣壯。從精神氣韻上，「大系」的出版，反映我們這一輩的知識文人，與上一代前輩相比，仍然有着相同的氣魄和關情，上承《中國新文學大系》，只要成為開始，這條路就有走下去的方向和可能。也因此，香港文學大系敍寫的意義，就不能只在當下檢算，來日的風光正長正多彩呢！

大系以「文本形式」面世，從表面看，選示甚麼作品是最重要的一環，我卻以為意義遠不止於此。以兩卷散文為例，當中選取的二百多篇散文，與其說是展示這一段時期香港文學的頂尖散文藝術水平，我倒更願意相信那是一段香港文學的圖貌的宏觀重現。就如陳國球說的：「編者重回『閱讀現場』的感受會比較容易達成。《大系》的散文樣本，可以更清晰地指向這時段香港的世態人情，生活的憂戚與喜樂。」（〈總序〉）「大系」中選取的散文，有些作品在之前的其他選集也出現過。在這裏，選文也沒有香港文學史上嚴格的範文意義，既不一定標誌是最優秀的作品，也未必能牽引讀者追看作者的其他作品。捧讀過程中，我們不一定有「驚艷」的期待，特別是南來作家的過客避難心態，像茅盾、戴望舒這些名重於中國新文學史上的名家，在香港留下的作品，或者是選在這兩卷中的散文，更算不上是其平生的文學代表作品。

可是文學史和文學資料的整理，意義正在這種誠實的再現。歷史、記憶、時間和現實等重要觀念，確是在這些展示排列中，相互作用，疊疊層層，立體呈現這時期的香港文學。作家借作品與隔世的讀者相逢，一方面固然是文章傳世的義理之舉，另一方面也重現了當日文壇作家的情思心事和筆墨文風，例如葉靈鳳、施蟄存、陳君葆等人，作品數目佔眾人之冠，正好說明其在當時的活躍與地位；編者用心數算說理抒情、寫景狀物文章的分佈，為讀者梳理調度如何進入。至於作家的心事情味，可供細品的也不少，例如穆時英遭槍殺前兩年，以二十六歲少壯之齡，寫成的〈中年雜感〉（見散文卷一），檢點平生，又抒發那份憂患餘生、怨憤難抒的情感，對於了解他的平生和作品，都有幫助。無論他們有甚麼遭遇和抱着何種心情，他們確實在上世紀的中國風雨飄搖之世，存活在香港，而且在這裏切切實實地生活過，留下了文字身影，這些於香港散文，是不爭的歷史，也是如畫的文學風景。

郁達夫在《中國新文學大系》〈導言〉說：「五四運動的最大的成功，第一要算『個人』的發現」，一針見血說出現代文學中散文的最重大意義。讀《香港文學大系1919-1949》，這種個性仍然應該是很大的體會，那不獨是作品的，而且整個文體在配合着香港這時期的歷史和經濟發展，整體地呈現獨特的面貌，像日治中的歲月、南來作家的一腔心事與過客心態的「心不在焉」、報刊副刊文藝版面、三蘇怪論等。香港在這時期的歷史處境、文學生態，卻實在具體飽滿地重現。這些作品的存去隱現，會否只是一時一地的一家之言，又或者如陳國球引述余光中說的：「原則上，這些作品恐怕都只能算是『備取』，至於未來，究竟是其中的哪些能終於『正取』，就只有取決於悠悠的時光了。」不管未來怎樣，現在這樣的文本形式展示，卻是了解上世紀前半部分，政治社會歷史都意義深遠的三十年，香港文學和社會情貌的重要方法，其中資料和史料整理之功，值得大書特書，我為「大系」的出版而欣喜，而且心存感激。

「大系」的出版，當然難免同時牽出了許多重要而老掉牙之極的問題，例如甚麼是「香港作家」、如何定義「香港文學」等。作為學術研究，概念定義、意義周延等或許重要，回歸到文本欣賞就未必如此，像我們不必執着要在吃一塊牛扒前，必先要定義甚麼是牛扒。過去每談到香港文學，這些問題總叫人正襟危坐，沉臉屏氣。如果說前輩學者如盧瑋鑾、黃繼持及鄭樹森等教授多年前奠下基礎與先風，我們都一定願意抱着善意走下去，問題有趣的是，作品和史料，有時是爭着朝天的錢幣兩面。「大系」的出版，以散文卷為例，縱線的史料和發展是重要的角度，但如果我們只站在讀者的層階，純為欣賞文學而來，若要問香港文學如何如何，我深信，在追讀作品的過程中，每一個讀者都可以構建自己的答案。

延伸閱讀

陳國球總主編《香港文學大系 1919-1949》，香港：商務印書館，二〇一四年。

平實以外

——楊絳散文印象

楊絳以一百零四歲高齡仙逝，「我們仨」天上重聚，後輩在此遙致祝福。先生逝世後，互聯網上熱傳她的佳句：「我們曾如此渴望命運的波瀾，到最後才發現：人生最曼妙的風景，竟是內心的淡定與從容……」；「我們曾如此期盼外界的認可，到最後才知道，世界是自己的，與他人毫無關係。」然後是一番真假辨別的討論。不管真假，平實從容、溫婉淡定，這些對楊絳散文的描述，卻似是大家的共識，沒有爭論。

我喜歡錢鍾書，後來開始讀楊絳的散文，多少也因為錢鍾書。雖然她自己也不介意讀者如此，所以散文中常提到「某某想認識錢鍾書的未婚妻」，她晚年（二〇〇九）仍然在文章中說：「我做過各種工作：大學教授，中學校長兼高中三年級的英語教師，為闊小姐補習功課。又是喜劇、散文及短篇小說作者等等。但每項工作都是暫時的，只有一件事終身不改，我一生是錢鍾書生命中的楊絳……錢鍾書承認他婚姻美滿，可見我的終身大事業很成功，雖然耗去了我不少心力體力，不算冤枉。」（〈錢鍾書生命中的楊絳〉）楊絳與錢鍾書相伴近七十年，通過楊絳散文，確可幫助認識錢鍾書，例如他為甚麼離開西南聯大，這在散文〈錢鍾書離開西南聯大的實情〉說了，後來在《我們仨》也再提到；又例如我們在楊絳散文〈客氣的日本人〉，知道原來錢鍾書在抗戰時鬱居上海，正在寫《談藝錄》。

無論是因為錢鍾書而接近楊絳，還是通過楊絳作品去認識錢鍾書，作品的藝術水平和效果，才是最重要，也是討論意義之所在。我當然極喜愛錢鍾書的《圍城》、《寫在人生邊上》，也一樣重視《談藝錄》、《管錐篇》、《宋詩選註》等這些助我進入古典文學門牆的著作。至於楊絳，雖有名震天下的學者丈夫，但其實她年少已有文名，翻譯工作成就也很高，除了《唐吉訶德》取得重要獎項，還翻譯過柏拉圖的哲學著作。楊絳在學術和文學自立一家，是允論，只通過錢鍾書去接近楊絳，不但不公平，也無助讀出楊絳散文佳處。

語多平實，溫婉機智，是一般人對楊絳散文的概括評價。總體來看，這說法大家應該同意，只是作為一個寫作年期橫跨近八十年、著作等身的作家，要用很簡單固定風格或筆法概括總結，並不合宜。楊絳散文文字平實，卻自有吸引人處，惟是細讀深推，她的散文有不同方面的佳處。《我們仨》之前的《幹校六記》和《洗澡》，由散文到小說，實實虛虛，社會家國關懷和抒發，厚積深潛，令人省思沉吟。她筆下，愛記事寫人，也寫得甚好，錢鍾書、姑母、小妹楊必和許許多多交往之士，活現紙上，到了過百之齡，仍在寫回憶母親的〈憶孩時〉。最廣為人稱頌的《我們仨》，成功和動人處，對話寫人寫感情，是重要原因。書中錢鍾書和女兒圓圓鬥咀：「我倒問問你，是我先認識你媽媽，還是你先認識？」冷不防女兒卻說：「自然是我先認識，我一生出來就認識，你是長大了認識的。」充滿機趣，到一家人戰亂中擠居上海，錢鍾書說：「從今以後，咱們只有死別，沒有生離」；三言兩語，骨肉相連、生死相關，都道盡了。

楊絳寫話劇劇本和小說都有成績，善用人物語言，塑造描畫人物，自然不會困難生疏。寫人物，楊絳有自己個性的筆墨，平實以外，準能抓住獨特角度，用獨特手法呈現人物。例如寫章太炎，用一個小女孩的角度，刻意捕捉這位在我們想像中，理應是道貌岸然的碩學大儒的古怪模樣：「他個子小小的，穿一件半舊的藕色綢長衫，狹長臉兒，臉色蒼白，戴一副老式眼鏡，左鼻孔塞着些東西。他轉過臉來看我時，我看見他鼻子裏塞着的是個小小的紙卷兒。」（〈記章太炎先生談掌故〉）如此「卡通」角度來寫名震當代的樸學大家，除了這篇，再難在其他文字讀到。又例如寫傅雷，一抓就寫出了人物的特別處——

笑，而且很富想像空間：「説起傅雷，總不免説到他的嚴肅。其實他並不是一味板着臉的人。我閉上眼，最先浮現在眼前的，卻是個含笑的傅雷，他兩手捧着個煙斗，待要放到嘴裏去抽，又拿出來，眼裏是笑，嘴邊是笑，滿臉是笑。」（〈記傅雷〉）到了寫有「中國第一位女教授」之稱的陳衡哲，抓住她説話的特點，隨物聯想，新奇卻具體：「（陳衡哲）輕聲説話，卻好像不在説話。她説一個字，停一停，又説一個字，把二寸短話拉成一丈長，每兩個字中間相隔一寸兩寸，每個字都像是孤立的。」（〈懷念陳衡哲〉）

到了描寫日常生活的平凡人物，又變得客觀平淡，但冷靜中會帶着熱切關懷，例如寫家中的鐘點工方五妹，一點也不吝嗇筆墨，洋洋灑灑，形象飽滿具體，間入作者和錢鍾書冷眼一旁卻關心的評論，有趣也有味道。楊絳以寫話劇初為人識，《弄真成假》、《稱心如意》頗受好評，所以散文中的畫面感覺很強，多用對話，文中的人物常都是「動」的，又善用環境氣氛來襯托，例如〈客氣的日本人〉，寫遇到對她禮待的日本人，全文在凝重緊張的背景氣氛下推展，最後才知道日本人其實手段很「辣」，對其他人毫不「客氣」，自己可能是刀鋒口死裏逃生，於此卻馬上戛然收結，讀者情緒給帶着上下起伏，手法高明。

楊絳散文文字雖平實，而且更多夾着一份從容平淡，卻不乏機鋒。一些「小裝置」也常很有戲劇感，令文章生動起來，〈魔鬼夜訪楊絳〉寫魔鬼臨離開前，告訴她藥瓶原來就在眼前，充滿隱喻，餘味不絕。優秀散文作家有的筆法匠心，她全都有。不賣弄機智，筆下卻滿有機智；不常諷刺批判，但諷刺批判的作品卻寫得很好。她的名作〈隱身衣〉，成為她人生座右的寫照，語雖平實，但溫婉中見機巧哲理。這種淡淡的機智，有時令作品餘味無窮，頗堪咀嚼。她散文中有自己的面目，〈小吹牛〉的「吹牛」，都不是甚麼「可吹」之事，小孩心性，才人筆墨，讀者卻生起與作者一番親近。論者常愛談楊絳散文的「魔幻」，其實只是她幽懷獨抱，發為文字，成為一種自我完足的表達，從另一面看，或者正是「世界是自己的，與他人毫無關係」的最好註腳。終其一生作品，由年青少作的〈收腳印〉到晚年的〈記似夢非夢〉等，橫越大半個世紀，都時有這種特點。

她有一篇不大為人談論的散文〈難忘的一天〉，我很喜歡，印象很深。文章的氣氛情味浮想起伏，很吸引，而且平實文字中，可見楊絳散文善於佈局設置，帶領讀者進入文字世界，不只是溫婉平淡所可道盡。文章寫作者戰爭中困居上海，蘇州老家忽然傳來父親急病消息，於是她和弟妹三人搭乘長途汽車回去，由車站到車上，都是一片惡劣環境，最後因為橋斷道路不通，折騰一天，被迫原路回家的經過。整篇文章主要只是記三姊弟妹白走一天的經過，就如上文說，寫劇本的藝術訓練，令楊絳散文的畫面場景調動佈置，很周全具體，讀者猶如置身其中。車子去程和回程，對比鮮明，刻意佈局，讀來相當有感染力。先看車子去時的「慢」：

顛呀顛呀顛，搖晃搖晃搖，只要車能開動就好。乘客的緊張稍稍放鬆……車走得很慢，我不時看看表。八時左右開的車，將近九點，我們還沒走多遠。人太多，車太重，別拋錨才好，真不知多早晚才能到蘇州。

到了回程，司機趕急回城，「快」得幾近是「瘋狂駕駛」，這裏的楊絳筆下，不再是溫婉淡定：

（卡車）一變來時風度，逃亡似的奮不顧身。它大搖大擺、大顛大簸地往回途奔馳，一會兒便開到橋邊。但是車並不停，呼、呼、呼一陣子衝了過去。這座橋還算完整。司機搶命似的衝過一橋又衝一橋，壓根兒不想停。

楊絳重筆濃墨，顛呀搖呀！寫出千鈞一髮、驚心動魄的情景：

這時乘着一股子衝勁兒，很塌敗的破橋也飛躍而過。我眼看成雙的後輪四分之三都懸空。……車上每個人都提着心，吊着膽，屏着氣，沒人叫喚一聲。卡車沒命地奔馳，顛簸顛簸，搖擺搖擺，呼、呼、呼，衝過一橋；顛簸顛簸，搖擺搖擺，呼、呼、呼，又衝過一橋……

這一天的難忘，在前後對比的描寫，短句和擬聲詞的疊用，都表現得很鮮明。「走了一天，又回來了」，甚麼也沒有做過，戰爭中那份流離顛沛和身不由己的無可奈何，沒有直道，卻在文中描畫得深刻動人。濃蘸筆墨，可是楊絳也不只止於此，不忘隨筆點染，寫到車上一對「含羞帶笑的未婚夫妻」，又令壓抑緊張的氣氛生出轉折與調劑。文章的收結是一天顛簸後，白走一回，最後回到家中，丈夫悄悄告訴她父親過世的消息。「悲慟結束了這緊張的一天，也是最無可奈何的一天」，無論從情景描寫到情感變化，文章起伏抑揚，錯綜有致，一點也不平淡從容。這種平實以外的變化點染、機鋒佈置，都是楊絳散文予我深刻的印象。

延伸閱讀

楊絳著《幹校六記》，北京：三聯書店，二〇一〇年。
楊絳著《我們仨》，北京：新華書店，二〇〇三年。
楊絳著《楊絳散文精選》，北京：人民文學出版社，二〇〇四年。

語樸情醇是正行

——讀季羨林散文

喜歡季羨林的散文，主要來自那一份知識分子的情味和氣息。季羨林學貫中西，筆下勤耕不輟，在學術界被奉為國寶級學者，研究東方語言、中印文化和佛教思想等，留下許多學術價值力重千鈞的論文和研究成果。在散文世界，他也借自己的文章展現無比的人格魅力，讀他的散文，文字典雅純樸而不乏味，情感深濃而不矯作。整體而言，不曲折，不含蓄，不雕琢，不賣弄手法。無論記人、狀物或摹事，筆下流露強烈的人文關懷，散出悠悠韻味，學兼古今中外，但間中又夾着幽默和諷刺的筆法，讀來倍感可親。

季羨林是高壽作家，活到九十八歲，所以創作由時間到內容，跨度都很大。七八十年的散文創作題材亦廣闊多樣，個人抒懷，生活觀察、寫景懷人，評論文化和家國、時代潮流，層面寬闊，有很強的可讀性。他以謙遜樸實的人格魅力，贏得世人仰慕；這樣一位和藹可親的老人家，文章予人親切感。要說他的散文特點，許多人已經指出是「真」與「樸」。他寫文章很看重一個「真」字，認為沒有真感情，不要下筆。他不但情感真摯，而且感情極其豐富，曾經笑稱自己在這方面「供過於求」。現實中的季老，愛國，愛中華民族，可說對萬物有情。除了人盡皆知他喜歡貓，他也喜愛、尊重、欣賞其他的動物花草，像他有名的散文〈清塘荷韻〉，就寫與荷花的因緣。季老散文，表達坦誠，「樸」，是語言文字很樸實，不會賣弄，但是在平實中，又見到他的豐富學問，集才、識、情於一身，往往能產生很強的感染力。民族學家鍾敬文，是季老在北大的同事和老朋友，曾有詩說他：「浮花浪蕊豈真芳，語樸情醇是正行；我愛先生文品好，如同野老話家常。」（〈季羨林散文全集序〉）「語樸情醇」四字，精要地道出了季老散文的特點。

語樸，不代表他的散文無味，反而因為作者的深厚學問和生活觀察、人生思考，加上適當有節制的平實語言調度，描寫出不少震撼人心的畫面，例如季老最為人識和稱道的《牛棚雜憶》，中間有一段描寫被「抄家」：

> 只聽到我一大一小兩間屋子裏乒乒作響，聲震屋瓦。……他們願意砸爛甚麼，就砸爛甚麼；他們願意踢碎甚麼，就踢碎甚麼；遇到鎖着的東西，他們把開啟的手段一律簡化，不用鑰匙，而用斧鑿。管你書箱衣箱，管你木櫃鐵櫃，喀嚓一聲，鐵斷木飛。

作者和老伴，再加上嬸母，三位老人家在文化大革命期間，被文革小將上門「抄家」。三人被趕到廚房，聽着自己家園被破壞摧毀，季老下筆，沒有激動，反而處處由痛心、無奈而生起感嘆。這裏沒有艱深的語言，也沒有許多散文家愛用的複雜自珍的手法。《牛棚雜憶》是季老最重要的文學作品，暴露、反思文化大革命的荒唐和人性扭曲，作者心內縱是血淚交加，下筆卻冷靜準確，控訴和批判的力度卻更形鋒利深刻。有時，他筆鋒稍轉，又在文中流露幽默反諷，例如《牛棚雜憶》的另一處，寫到一個在北大教授阿拉伯語的教員，政治運動中，花盡心力地搜集季老的「罪證」，季老竟然慨嘆：

如果他用同樣大的力量和同樣多的時間，讀點阿拉伯語、文學或文化的資料，他至少能寫成一篇像樣的論文，說不定還能拿到碩士學位，被提升一級呢。因此我從內心深處同情他，覺得對他不起。

被人陷害，卻「覺得對他不起」，這種「冷面笑匠」式的文字，指顧反掌間，指劃了事物人情背後的滄桑悲涼，是中國傳統知識分子的風度神采，也感人動人至深。在季老的散文中，這種筆法並不少見，例如《牛棚雜憶》批評運動中人們的浮誇空談，他說：

「為人民服務」五個字，很多地方都能看到。好像只要寫上這五個字，為人民服務的工作就已完成，至於服不服務，那是極其次要的事情了。

前文說過，季老寫文章很重一個「真」字，認為沒有真感情，不要下筆。他不但情感真摯而且豐富，但作品中的感情，不是用開口見喉的直露表達，而是抓住一些細緻準確的位置和片段，記事抒情，例如散文〈一條老狗〉，就是一篇相當感人的作品。文章寫對死去母親的思念，痛愧交加，卻刻意把描寫重點，甚至題目都落在一條老狗身上。文章在開首已經處理得很特別，很有懸念：

自己也不知道是什麼原因，我總會不時想起一條老狗來。在過去七十年的漫長的時間內，不管我是在國內，還是在國外，不管我是在亞洲、在歐洲、在非洲，一閉眼睛，就會不時有一條老狗的影子在我眼前晃動，背景是在一個破破爛爛籬笆門前，後面是綠葦叢生的大坑，透過葦叢的疏隙處，閃亮出一片水光。

這樣的文章開首，有懸念，也有具象的畫面。那葦叢後的「一片水光」，意象強烈，彷彿在拂動間把往事帶到眼前，吸引讀者看下去，而真相慢慢在後文展現，而且十分感人。文章往下交代：作者在清華大學唸書，離別母親八年，有一天，忽然接到故鄉傳來母親病危的消息，匆匆到家時，原來母親已經離世。

然而晚了，晚了，逝去的時光不能再追回了！「長夜漫漫何時旦？」

我卻盼天趕快亮。然而，我立刻又想到，我只是一次度過這樣痛苦的漫漫長夜，母親卻度過了將近三千次。這是多麼可怕的一段時間啊！在長夜中，全村沒有一點燈光，沒有一點聲音，黑暗彷彿凝結成為固體，只有一個人還瞪大了眼睛在玄想，想的是自己的兒子。伴隨她的寂寥的只有一個動物，就是籬笆門外靜臥的那一條老狗。

讀到此處，讀者當然知道「老狗」何以成為作者數十年來揮不去的腦中影像，是作者抒發思念母親之情所借之「物」。不過牠也不是靜態的道具，作者把牠寫得有情有性：

> 母親的喪事處理完，又是我離開故鄉的時候了。臨離開那一座破房子時，我一眼就看到那一條老狗仍然忠誠地趴在籬笆門口，見了我，它似乎預感到我要離開了，它站了起來，走到我跟前，在我腿上擦來擦

去，對着我尾巴直搖。我一下子淚流滿面。我知道這是我們的永別，我俯下身，抱住了它的頭，親了一口。

沒有澎湃激情，反而將濃得化不開的情思苦緒，內蘊深藏，又蕩漾徘徊，令人久久不能釋懷，這樣的手法，在季老的散文是常可見到的。例如他寫睽別多年後，與年青時在德國唸博士跟從的老教授重聚，到了離別之際，也一樣是萬語千言，欲哭無從的情深苦澀：

千里涼棚，沒有不散的筵席。我站起來，想告辭離開。老教授帶着乞求的目光說：「才十點多鐘，時間還早嘛！」我只好重又坐下。最後到了深夜，我狠了狠心，向他們說了聲：「夜安！」站起來，告辭出門。老教授一直把我送下樓，送到汽車旁邊，樣子是難捨難分。此時我的心潮翻滾，我明確地意識到，這是我們最後一面了。但是，為了安慰他，或者欺騙他，也為了安慰我自己，或者欺騙我自己，我脫口說了一句話：「過一兩年，我再回來看你！」聲音從自己嘴裏傳到自己耳朵，顯得空蕩、虛偽，然而卻又真誠。

——〈重返哥廷根〉

坦白說，季老的散文不是每一篇都好看，但好看的作品，卻非常好看，更重要的是非常、非常感動我，因為他的文章的感情，強烈真摯，倫常人生處處可以觸見。回首二十世紀，季老是我們民族難得的可敬人物，身居世界頂尖學術水平地位而虛懷若谷；熱愛自然萬物，同時深好天人合一的中國文化；和氣親厚善惡分明；平易近人熱愛國家，年青時放棄劍橋大學延聘而東返協助發展祖國。這樣的人物，本應為中國人所景仰和自傲，何況他還留給我們美好的散文創作。「我愛先生文品好」——在現當代散文作家群中，季老是重要的，不只因為作品的文學藝術，也因為文學藝術背後的情操與德性。

延伸閱讀

季羨林著《牛棚雜憶》，香港：三聯書店，一九九九年。

季羨林著《季羨林散文》，北京：人民文學出版社，二〇〇七年。

不廢舊譜而不執舊譜

——袁枚的《隨園詩話》

詩詞曲話一類，在中國文學史上汗牛充棟，據考證，清代詩話就有一千五百種之多。中國傳統讀書人對於讀詩話和寫詩話，一直抱着矛盾的心情。袁枚在《隨園詩話》卷八引西崖先生湯右曾的批評：「詩話作而詩亡。」像章學誠這樣有名的學者，亦會批評詩話作者：「為詩話者，又即有小慧而無學識者也。」這些話證之文學史，當然不是事實，但很有啟示意義。在古代，文人借詩話發表理論，是常途，更是我們今天了解中國文學詩文理論的重要進口，而當中的優秀作品，學術娛情兼具，袁枚的《隨園詩話》，情理相生，莊諧並見，意趣盎然，正是其中典範。

《隨園詩話》好看，首先還是因為袁枚其人。讀詩話的一類書籍，也如讀詩文，著者的情思心緒，風神個性，能融入作品中，自為佳作。袁枚是近三百年前富啟蒙色彩的人物，少負神童之名，十二歲與業師同時考得秀才，八十歲時有詩句：「記得兒時語最狂，立名最小是文章」，情性可見一斑，且老來未減。壯年後隱居隨園，詩文觀力倡個性真情，放任不喜名利，亦討厭惺惺作態之徒，曾借筆下《子不語》故事人物陸梯霞說：「凡人有心立風骨，便是私心。」在乾嘉考據大盛的清代，面目非常獨特。儘管後人有責他好色叛逆，但袁枚風神自重，詩才亦橫絕當時，確乎是不愧一代才人。

一生詩學才情，正是紀曉嵐說的「國弈不廢舊譜而不執舊譜」的上佳印證。讀《隨園詩話》讀袁枚，不要輕易跌入教科書式的概念化，想了解，必須讀一遍原書。讀中國文學中的詩話，相對是輕鬆的、閒情的，才子文人的風流雅謔，聰明幽默，隨處可見。《隨園詩話》有正編十六卷，補遺十卷，雖是袁枚老年所作，但是很廣泛豐富展現中國文學詩話特色內容的作品，加上袁枚其人性靈自許，處處天機，所寫所記就更多元有趣，而且流露不凡的詩學識力。既提領鈎沉，亦有憐情風流、仁義兼備之筆，讀來如繁花耀眼，具不同層次的味道。

袁枚為人重感情，詩文強調性靈，一篇〈祭妹文〉，情真意摯，感人至深，是中國古代悼文的高水平作品。《隨園詩話》為清人及後代士林所重，主要仍在袁枚傳世的詩學理論。書中或直道，或取喻，看他平生著述很多，既尊古亦疑古，詩學上強調性靈，寫過「雙目自將秋水洗，一生不受古人欺」的詩句。他愛唐詩，看重唐人，在《隨園詩話》多處流露，例如曾説杜甫「海涵地負之才，其佳處未易窺測」（卷七）；又説「余嘗教人：古風須學李杜韓蘇四大家，近體須學中晚宋元諸名家」（卷七），態度鮮明，而且用力很深，曾就唐諸名家詩風溯其源流，頗見識力（卷五）。由對詩對人對流風的評點、賞析出發，讀者學習到不少中國詩歌理論和創作的藝術技巧，是讀《隨園詩話》的最基本得着。

《隨園詩話》吸引人，亦在體會古代士人的生活和情味。袁枚的風趣幽默，鈎稽往事，回憶生平，保留當時不少詩人軼事和佳句。讀《隨園詩話》，既有人生哲理的闡發，也常可感袁枚愛才重友，筆下時見調侃戲笑，文人雅謔，讀來賞心莞爾。例如卷十二寫到友人程魚門覆舟遇險，最後安然，袁枚贈詩：「《水經》注疏河渠考，此後輸君閱歷深」，抵死風趣；卷五引唐人詠蜀葵詩句：「能共牡丹爭幾許，被人嫌處只緣多」，諷刺堆砌用事之詩，皆諧而不謔，又理趣天機，令人會心。《隨園詩話》保留許多名不傳世的詩人佳句，這本就是古代詩話一類作品的重要功用。袁枚在書中卷十三於此曾有淒涼說法：「李穆堂侍郎云：凡拾人遺編斷句，而代為存之者，比葬暴露之白骨，哺路棄之嬰兒，功德更大。何言之沉痛也！」多讀古人書，當信滄海之大，常有遺珠。

生在清朝乾嘉考據大盛時代，袁枚詩文這份閒適自若，在《隨園詩話》可感可讀，不過他行文間見隨便，這點值得留意。例如《隨園詩話》卷二原有「（《紅樓夢》）中有所謂大觀園者，即余之隨園也」的說法，頗為後來學者批評「信口開河」，是耶非耶，論爭至今不絕，今人編的版本也刪去了此句。如何在紮實和輕靈之間取得適當平衡，我們還是要靠多讀書，建立識力。

延伸閱讀

王英志批註、袁枚著《隨園詩話》，南京：鳳凰出版社，二〇〇九年。

不風不雨倍淒涼

——讀黃仲則的情詩

寫情詩，可以有很多不同的角度和方法。從時間言，可以在相戀前或相戀後，也可以描寫當下的相愛；從處境言，可以寫沉浸戀愛中的快樂，可以描畫失戀或分隔的相思苦痛，也可以在若即若離、迷茫追尋的喜悅之中。從手法言，可以直抒胸臆，熱情洋溢；可以借物喻情，聯想比附；也可以追憶懷念，宛轉含蓄。因此除了浪漫撩人，情詩的欣賞和寫作，本來就變化萬千，出入無垠，古往今來，吸引人甚矣！

眾多的手法和角度，過後追憶思念或者是「最耐讀」的一類，歷來也受詩人的青睞。蘇東坡指出思念是必然的，因為情之於人，是「不思量，自難忘」；

納蘭性德寫對亡妻思念，往日的歡樂，「當時只道是尋常」，共鳴了一切在追憶懷念的有情人；至於李商隱「此情可待成追憶，只是當時已惘然」，淡淡地說穿了這類詩歌的動人之道——因為面對人生難改難挽的種種逝去，豈止詩人，讀者又何嘗不是長陷「惘然」！

要談追憶思念的情詩，教人怎不想起黃仲則的「似此星辰非昨夜，為誰風露立中宵」，千古名句！清代詩學大盛，詩派繁多，既總結了中國舊體詩，也是舊體詩佳作紛陳的時代。數萬詩人詞客，當中我最喜歡納蘭容若、黃仲則和龔自珍，尤以黃仲則為最。黃仲則才高命苦，生於乾隆十四年（一七四九），卒於乾隆四十八年（一七八三），這剛好是清代文教最興盛的時間，恰恰成為天才文人為時代所遺的鮮明對照。這一段時期，正是清代詩學最蓬勃鼎盛的時期。被《清史列傳》譽為「乾隆間論詩者推為第一」的黃仲則，是清代，以至整個中國古典文學史上難得一見的獨特詩人。黃仲則詩，悲苦傷情而深刻表露，一生沒有留下清人中常見詩話文評等作品，是一個專職詩人。生在詩學理論大盛的乾隆時代，黃仲則早負詩名，和當時許多名士學者，都時相往來。生前死後，詩名甚高，作品也感染其後二百多年來，不少讀詩寫詩的文人士子。

讚賞雖多，但從詩學地位而言，歷來稱譽黃仲則詩，多落在一個「真」字，惟其能真，方能訴己之苦與情。因此直抒情真，很自然亦成為我們讀仲則詩的理所當然評價。這評價當然有其道理，不過如果抱殘守缺，就未必能道盡黃詩的地位和動人處，特別是情詩，情真固然可動人，但如何處理意象，調度氣氛情感，都很重要。

黃仲則詩有兩大動人題材，首先當然是不遇傷時、窮愁落拓的一類，這是他的《兩當軒集》最主要類別，其次才是愛情。他的愛情詩，數量其實並不多，但寫得極好，而主要是追憶思念，意象氣氛的運用，借言外之思和故事來抒發寄託，造成強烈的含蓄抒情效果。情真而深，直而不露，中國人談詩，愛說「言有盡而意無窮」，含蓄美是情詩的重要元素，不論古今，都一樣講究和追求。

讀黃仲則情詩，最主要的旋律是追憶思念，而且隱約暗含一段刻骨銘心的愛情故事，這與李商隱有點相似，李商隱說「直道相思了無益，未妨惆悵是清狂」，情詩之美，常在含蓄隱約。關於黃仲則一生的愛情，除了那位陪伴他過着貧窮生活，令他深為愧對的髮妻：「此夜別君無一語，但看堂上有衰顏」（〈別內〉）之外，文學上，更重要是他在詩歌中總憶述着一段戀情：一說是他與表妹相戀，最後表妹嫁作商人婦；另一說是他與青樓女子相戀。不管故事原型怎樣，黃仲則追憶、懷念少年情事，又含蓄地隱入自己的詩中，形成獨特的藝術吸引力，值得細味。

黃仲則的愛情詩縱然寫得好，但在《兩當軒集》數量不算很多，最重要，也最為後世樂道欣賞的包括〈感舊〉（四首）、〈感舊雜詩〉（四首）和〈綺懷〉

（十六首）。且看〈感舊〉四首：

大道青樓望不遮，年時繫馬醉流霞，風前帶是同心結，杯底人如解語花。
下杜城邊南北路，上闌門外去來車。匆匆覺得揚州夢，檢點閒愁在鬢華。

喚起窗前尚宿醒，啼啼催去又聲聲。丹青舊誓相如劄，禪榻經時杜牧情。
別後相思空一水，重來回首已三生，雲階月地依然在，細逐空香百遍行。

遮莫臨行念我頻，竹枝留涴淚痕新。多緣刺史無堅約，豈視蕭郎作路人，
望裏彩雲疑冉冉，愁邊春水故粼粼。珊瑚百尺珠千斛，難換羅敷未嫁身。

從此音塵各悄然，春山如黛草如煙，淚添吳苑三更雨，恨惹郵亭一夜眠。
詎有青鳥緘別句，聊將錦瑟記流年。他時脱便微之過，百轉千回袛自憐。

〈感舊〉四首是他情詩中的代表作，七言律詩，對仗工整，用韻諧協。四首詩鋪排有序，由相識、相愛、分別、思念到悔憐，順着時序，沒有具體落實的人事和情節，但「青樓」、「羅敷」，暗示這一段愛情並非可以開花結果的普通愛情，讀者很容易可以感覺得到。「望裏彩雲疑冉冉」、「春山如黛草如煙」，這段往日情事逝去多時，如煙似夢，作者不直接道出，卻又明明白白地描畫出一段隱約的舊約盟誓。詩中盡是古典和追憶的語碼：揚州、蕭郎、相如、杜牧、青鳥、錦瑟、別後空一水、回首已三生……像姜白石的「合淝戀人」一樣，黃仲則情詩中，暗藏的一段情事，沒有具體可溯的情節，但如煙籠翠柳，所以王昶在〈湖海詩傳小序〉說他「年未弱冠，所撰小賦新詩，已有煙月揚州之譽」。煙月揚州，正是朦朧恍惚、聯想翩翩的藝術特點和情味，也是黃仲則這種風格的情詩吸引人之處。

這組詩寫於黃仲則十九歲的時候，是乾隆三十三年（一七六八）。第一首開始即寫當年與情人風前對飲、相知相對的情景，「年時繫馬」到「檢點閒愁」，是匆匆的「揚州一夢」。這段刻骨銘心的愛情，最後並沒有得到美好的結果。「難換羅敷未嫁身」一句，點明仲則和情人相逢已晚，因此兩人只有忍受着分離和永難結合之苦：「別後相思空一水，重來回首已三生」，正因為無法追回，只餘下思憶，所以只能「細逐空香百遍行」，可是到了最後，寂寞還是自己一身承擔：「百轉千回祇自憐」。萬千情愛，在眾多美麗意象和追憶過後，仍是一場空，留下自傷自憐。

無論詩中的故事如何動人，詩人卻有意隱去收藏，在追憶思念過程中，這種欲言又止，有所內沒有言之外，向來是黃仲則詩歌吸引人的地方。像〈秋夕〉：「桂堂寂寂漏聲遲，一種秋懷兩地知。羨爾女牛逢隔歲，為誰風露立多時。心如蓮子常含苦，愁似春蠶未斷絲。判逐幽蘭共頹化，此生無分了相思。」以及〈綺懷〉：「幾回花下坐吹簫，銀漢紅牆入望遙，似此星辰非昨夜，為誰風露立中宵。纏綿思盡抽殘繭，宛轉傷心剝後蕉，三五年時三五月，可憐杯酒不曾消。」正是因為沒有將故事說出，對於詩，多了一份含蓄迷離；對於作者，則更添幾分寂寞孤獨。黃仲則生在豐腴燦爛的乾隆王朝，卻終生馱負着寂寞不遇的身影，讀他的情詩，就不能只停留在男女情愛的心事之上了。作為與時代格格不入的詩人，這份幽懷獨抱卻是讀他的詩的重要情味，他的名作〈癸巳除夕偶成二首〉其一：「千家笑語漏遲遲，憂患潛從物外知。悄立市橋人不識，一星如月看多時。」正是不寫愛情，卻一樣萬千心事，懷抱於語言之外，物外潛從，令人聯想無窮，又低迴細味。

這種詩歌中的古典意象和含蓄隱約，一直是中國詩的常見藝術處理。清代滅亡，舊學退走，新文學運動時期的新詩，在吸收西方文學的技巧理論之外，這種直承古典文學的意象用心，仍然常見。以戴望舒的〈雨巷〉為例，「我希望逢着／一個丁香一樣的／結着愁怨的姑娘」。詩的動人，也一樣深藏在古典意象和詩外愛情的想像。卞之琳說這首詩像舊詩名句「丁香空結雨中愁」的現代白話版的擴充，是很好的說明。詩無分新舊古今，匠心運意都講究意象，含蓄不道盡又是重要手法。這份古典和詩外的聯想，造成廣闊的想像和回味空間，許多耐讀的情詩，正是由這種「隱藏」而產生的聯想和美感，這即在現代詩中也很常見，而且又往往可以溢出愛情的感受聯想之外，像顧城的名作〈遠和近〉：

你
一會看我，
一會看雲，
我覺得，
你看我時很遠，
你看雲時很近

讀這詩的時候，當然可以印證對照顧城獨特而傷情的愛情故事，但拓宕開來欣賞，想到一切的人與人，甚至人與理想、社會自然、政治世界的關係，又未必不是作者的另一番心事。文學創作，特別是詩歌，有時愈不說，表達抒發會愈多，走筆於此，恰恰又叫人想起黃仲則的佳句：「有酒有花翻寂寞，不風不雨倍淒涼」（〈重九夜偶成〉）。

延伸閱讀

李國章標點、黃景仁著《兩當軒集》，上海：上海古籍出版社，一九八三年。

不要忘了，也忘不了

——讀《吶喊》

《吶喊》有作者的「自序」，對理解魯迅寫作小說的動機和各篇作品的主題，有很大幫助，必須先讀。「自序」開始，就說出了「吶喊的來由」：

我在年青的時候也曾做過許多夢，後來大半忘卻了，但自己也並不以為可惜。所謂回憶者，雖可說使人歡欣，有時也不免使人寂寞，使精神的絲縷還牽着寂寞已逝的時光，又有甚麼意味呢？而我偏苦於不能全忘卻，這不全忘的一部分，到現在便成了吶喊的來由。

《吶喊》是魯迅的第一本短篇小說集。全書共有十四篇作品，再加一篇「自序」。寫作的時間前後只有四年多，由一九一八年四月發表第一篇〈狂人日記〉至一九二二年十月最後一篇〈社戲〉。這些小說主要發表在當時的雜誌和報章，包括《新青年》月刊、《新潮》月刊、《晨報副刊》、《小說月報》和《東方雜誌》等，在一九二二年十二月編輯成書，翌年月八由北京新潮出版社出版。

動盪出詩人，二十世紀初的國難家愁，造就中國文學的一次高潮。魯迅開始寫作現代短篇小說，是受到在東京留學時的老朋友錢玄同的邀稿。錢玄同當時正和陳獨秀辦《新青年》雜誌，提倡民主和科學，希望拯救國家。錢玄同力邀他為《新青年》寫稿，於是，一九一八年五月，這位天才橫溢的小說家在《新青年》，第一次以魯迅為筆名，發表了中國文學史上第一篇白話小說〈狂人日記〉，此後幾年，他寫了多篇短篇小說，成為中國現代文學史上最重要的小說家。

為甚麼寫小說

寫《狂人日記》的時候，魯迅已經三十七歲，五十五歲的壽命已經過了三分之二，思想成熟，對身處的社會和時代，有深刻的認識和感受。魯迅在「自序」談到他棄醫從文的經過：當時他在日本留學，有一次上課時看到一套影片，是一個中國人被行刑的片段，當時許多圍觀的都是中國人，卻全都無動於衷，木無表情。在這情形下，魯迅覺得醫治中國人麻木的心靈，遠比醫治他們的病更重要：「因為從那一回以後，我便覺得醫學並非一件緊要事……我們的第一要着，是在改變他們的精神，而善於改變精神的是，我那時以為當然要推文藝。」

這是耳熟能詳的故事，只是讀魯迅的小說，首先仍要知道他有很清晰的小說功用觀念，這是他的白話短篇小說的本質特點。他在散文〈我怎麼做起小說來〉說得很清楚：

我也並沒有要將小說抬進「文苑」裏的意思，不過想利用他的力量，來改良這社會。……說到「為甚麼」做小說罷，我仍抱着十多年前的「啟蒙主義」，以為必須是「為人生」，而且要改良這人生。

寫作動機是「為人生」，魯迅的小說，特別是《吶喊》內的作品，都努力揭示封建社會的愚昧和無理，由《吶喊》第一篇的〈狂人日記〉，到《彷徨》最後一篇〈離婚〉，這種揭露和批判當時社會的封建守舊和當時人的麻木愚昧、困頓無奈，都是最重要的主題和內容：

……所以我的取材，多採自病態社會的不幸的人們中，意思是在揭出病苦，引起療救的注意。

——〈我怎麼做起小說來〉

「反封建」是魯迅小說的總主題，他說自己寫小說不講究技巧雕飾，主要的目的是要醫治病態的社會。既然身處的政治社會對魯迅作品有如此重要的影響，所以認識魯迅身處的時代，對讀他的小說很重要。魯迅善用冷峻凝重的筆觸，描寫時代的昏暗和被壓迫者的鬱憤，呈現了這時代的社會悲劇氣氛。事實上，對今天的年青人來說，讀魯迅小說的困難，並不在認識和掌握他運用的技巧，而是怎樣真正理解和深刻體會近百年前中國社會的精神狀貌，怎樣的時代社會和怎樣的人民百姓，對於一世紀後的年青人，並不容易理解。國家多難，封建禮教的「吃人」，守舊愚昧，麻木冷漠，中國民眾的精神思想和價值觀念，構成當時的時代環境，成為魯迅小說的重要背景，讀者必須先掌握和認識。倒過來看，這種認識，恰恰又成為我們今天讀魯迅小說的重要理由。

經典人物群象

魯迅小說留下大批成功的人物藝術群像，也就是他所說的「病態社會的不幸的人們」。在《吶喊》中，較多對農村百姓和小市民的描繪，像阿Q、閏土、單四老子和華老栓。知識分子則以受傳統教育、思想守舊的為主，除了〈端午節〉的方玄綽之外，孔乙己、〈風波〉的趙七爺、〈白光〉的陳士成等，都是走科舉路的舊式知識分子。

不重曲折離奇的故事情節，魯迅的小說，着重表現作品中的悲劇氣氛、時代壓迫感和人物形象塑造，這也是現代小說和中國傳統章回小說的常見分別。作為中國新文學的第一批小說家，魯迅給予現代文學中的小說創作很好的開始，留下了很多出色的作品。魯迅小說中，常提到自己的故鄉紹興，而相比於《彷徨》，《吶喊》的自傳和紀實成分比較重，例如〈故鄉〉和〈社戲〉，都寫到魯迅故鄉和童年的故事與朋友玩伴；〈鴨的喜劇〉就是俄國詩人愛羅先珂在他家中居住的生活瑣事。〈頭髮的故事〉有感於許欽文妹妹因短髮投考高校未被取錄；〈風波〉是受到一九一七年張勳復辟的事件所激發；魯迅在北京教育部任事的時候，常乘坐人力車，〈一件小事〉的創作，大抵由此觸發。〈端午節〉中的方玄綽，由身份到索薪和罷教等情節，都隱隱有魯迅的生活影子。

除了深刻的時代意義，《吶喊》成功塑造了不同的人物典型，包括阿Q、華老栓、孔乙己、閏土、單四嫂子和方玄綽等，當中有安分守己的農村平民百姓，也有知識分子。《吶喊》中的知識分子，較集中和成功是一些在舊社會中，伴隨在科舉功名的成敗而取得不同身份權勢的人物。無論成功失敗，他們都有着守舊、迂腐的落後特徵，無論是因取得功名而有權勢的，如〈風波〉的趙七爺，又或是潦倒窮困的孔乙己，甚至是在〈白光〉自殺收場的陳士成，他們都代表魯迅對舊社會知識分子的不滿和對科舉制度的輕蔑。

魯迅善用人物語言和心理描寫塑造人物。阿Q形象塑造的成功，主要得力於作者經常直接呈現阿Q內心的獨白。例如他的「精神勝利法」，就是被人打的時候，心裏想：「我總算被兒子打了，現在的世界真不像樣……」於是他心滿意足的得勝走了。〈白光〉的陳士成，落第後心理活動和環境緊密結合，描寫技巧很出色：

> 涼風雖然拂拂的吹動他斑白的短髮，初冬的太陽卻還是很溫和的來曬他。但他似乎被太陽曬得頭暈了，臉色越加變成灰白，從勞乏的紅腫的兩眼裏，發出古怪的閃光。這時他其實早已不看到甚麼牆上的榜文了，只見有許多烏黑的圓圈，在眼前泛泛的游走。

整段描寫扣合住全篇小說以色彩光線的描繪，呈現人物心理和情感，讀者已隱隱預見後來出現精神異常、最後自殺而死的男主人公。通過深刻準確的描寫，景物和人物的內心融合自然，也突出了批判科舉制度害人的主題。

〈藥〉一篇中描寫康大叔粗暴蠻橫，也是非常成功的例子：

「喂！一手交錢，一手交貨！」一個渾身黑色的人，站在老栓面前，眼光正像兩把刀，刺得老栓縮小了一半。那人一隻大手，向他攤着；一隻手卻撮着一個鮮紅的饅頭，那紅的還是一點一點的往下滴。

老栓慌忙摸出洋錢，抖抖的想交給他，卻又不敢去接他的東西。那人便焦急起來，嚷道，「怕什？怎的不拿！」老栓還躊躇着；黑的人便搶過燈籠，一把扯下紙罩，裹了饅頭，塞與老栓；一手抓過洋錢，捏一捏，轉身去了。嘴裏哼着說，「這老東西……。」

這一段寫華老栓向康大叔買人血饅頭，魯迅刻意細緻描寫，由語言到動作，都表現人物的粗魯形象。「搶」、「扯」、「裹」、「塞」、「抓」、「捏」等連下數個單字動作，生動寫出他的不耐煩和粗暴。拿在手中尚見滴血的饅頭，恐怖而令人生慄，華老栓的可悲可憐，都表現得具體有感染力。

其他手法

魯迅善用不同的小說結構和敘述手法，這在《吶喊》和《彷徨》都可以找到很多例子。在《吶喊》，〈狂人日記〉以日記形式；〈阿Q正傳〉是人物傳記；〈藥〉以一明一暗的雙線結構；〈頭髮的故事〉以N先生的獨白串起全個故事，組織和表達方法變化多端，技法純熟。

氣氛襯托和象徵暗示等手法，是魯迅經常運用而又能產生很強藝術效果的方法。《吶喊》中的〈藥〉，是這方面非常典型的成功作品，由小說的題目——

「藥」，本身就是一種暗示。故事內的華老栓夫婦將救活兒子的希望寄託在迷信而殘忍的「藥」——人血饅頭，叫人聯想到中國人的希望如只落在迷信不人道的方法思想上，最後當然不能如願；相類近的取題作品是〈明天〉，單四嫂子把兒子痊癒的希望寄望在迷信愚昧的療法，想像着兒子在明天會好起來，結果是兒子死去了，這暗示希望的明天只變成失望、絕望。

善於取喻，有時用於寫人，例如〈故鄉〉的「豆腐西施」：

> **卻見一個凸顴骨，薄嘴唇，五十歲上下的女人站在我面前，兩手搭在髀間，沒有繫裙，張着兩腳，正像一個畫圖儀器裏細腳伶仃的圓規。**

形象生動，人物的性格氣質也借妙喻而具體化，躍然紙上。〈藥〉的一篇，寫墳地上情景，悲傷的氣氛和對富人的批判，也寫得絕妙：

西關外靠着城根的地面，本是一塊官地；中間歪歪斜斜一條細路，是貪走便道的人，用鞋底造成的，但卻成了自然的界限。路的左邊，都埋着死刑和瘐斃的人，右邊是窮人的叢塚。兩面都已埋到層層疊疊，宛然闊人家裏祝壽時的饅頭。

窮人的不幸，「層層疊疊」，最後成為「宛然闊人家裏祝壽時的饅頭」，這樣的比喻和聯想，深刻有力。而華老栓路過刑場，遠看行刑時群眾的情景，描寫也一樣耐嚼可味：

老栓也向那邊看，卻只見一堆人的後背；頸項都伸得很長，彷彿許多鴨，被無形的手捏住了的，向上提着。靜了一會，似乎有點聲音，便又動搖起來，轟的一聲，都向後退；一直散到老栓立着的地方，幾乎將他擠倒了。

就如上文所說魯迅在日本看過的影片，這樣的行刑片段一直牽繫着他的神經，所以後來寫了一篇〈示眾〉，客觀呈現了刑場上群眾的麻木冷漠，收在《彷徨》。〈藥〉在這裏描寫觀看行刑的人，好奇爭看而不懂受刑的革命志士，正在為國民的自由犧牲。他們的命運似是被人操縱，魯迅寫：「彷彿許多鴨，被無形的手捏住了的，向上提着。」形貌上十分貼切，但群眾因愚昧而為人控制的暗示，又是聯想具體而含意深遠的妙喻。

所以魯迅雖然自己說：「所以我力避行文的嘮叨，只要覺得夠將意思傳給別人了，就寧可甚麼陪襯也沒有。」但事實上，這些小說技巧，都是值得欣賞和學習，而在《吶喊》的眾篇作品中，經常可以找到例證，用心閱讀，既可賞析到精彩小說，也學習到不少創作的技法。更重要是作品背後，作者為時代、為民族的呼喊和關心焦慮，讀者在文學美感之外，更應感動。願數碼縱橫的今天，年青一代仍然相信，這樣的知識分子胸懷，是中華文化綿延千世的憑藉，我們不能忘記，更不應忘記。

延伸閱讀

魯迅著《吶喊》，香港：香港文藝出版社，二〇一二年。

日忽忽其將暮

——魯迅筆下的彷徨與《彷徨》

《彷徨》是魯迅的第二本小說集，一九二六年八月，由北京北新書局出版，共收錄十一篇白話短篇小說。《吶喊》出版後，魯迅仍然經常創作和發表白話短篇小說，由一九二四年四月寫作〈祝福〉後，更是頻密創作，作品主要發表在《東方雜誌》、《小說月報》、《晨報副刊》和《語絲》等刊物，其中〈孤獨者〉和〈傷逝〉兩篇，未經發表便收錄入《彷徨》。

與《吶喊》不同，《彷徨》在作品前面沒有「自序」，魯迅沒有直接道出寫作目的和作品意旨。不過，由於兩部小說集中作品的寫作時期前後十分接近，魯迅寫這些小說的思想情感，並沒有很大的轉變。如果看他在一九二三年發表的文章和演講，例如〈娜拉走後怎樣〉、〈未有天才之前〉和〈論雷峰塔的倒掉〉等，他在《吶喊》裏強烈表達的對舊中國社會的不滿和「反封建」思想，仍然是《彷徨》的最重要思想內容。雖然沒有序言，魯迅在《彷徨》前面引了屈原〈離騷〉的數句，表達自己這種對社會改良和進步的不捨追求與渴望：

> 朝發軔於蒼梧兮，夕余至乎縣圃；欲少留此靈瑣兮，日忽忽其將暮；吾令羲和弭節兮，望崦嵫而勿迫；路漫漫其修遠兮，吾將上下而求索。

這幾句〈離騷〉原文是屈原有感時光匆匆流逝，自己的理想仍未達到，尚要在茫茫而漫長的前路，繼續努力摸索追尋。魯迅借這幾句來表達自己的心情，又作為《彷徨》的篇首，起着引子的作用，道理也容易明白。利用文學作品來改良當時的社會人心，魯迅從沒有放棄和動搖。

圓熟的技巧

和《吶喊》一樣，《彷徨》裏的短篇小説都反映魯迅小説的藝術價值，是中國現代文學重要的遺產。對於這些相對略為後出的作品，魯迅有幾句很重要的説話描述過：

> 此後雖脱離了外國作家的影響，技巧稍為圓熟，刻劃也稍加深切，如〈肥皂〉〈離婚〉等，但一面也減少了熱情，不為讀者們所注意了。
>
> ——〈中國新文學大系小說二集・序〉

「不為讀者所注意」，是魯迅自謙之詞，不過「脱離了外國作家的影響，技巧稍為圓熟，刻劃也稍加深切」，證之於《彷徨》各篇，倒是很真確。

常見於《吶喊》的諷刺和象徵暗示等技巧，在《彷徨》各篇也很常見。例如

〈高老夫子〉的高爾基不學無術，只熟悉通俗的三國隋唐故事，要講東晉歷史，就左支右絀，不學無術又偏要充作有識之士，故事的結尾以諷刺的筆法寫他「已經在打完第二圈，他快要湊成『清一色』的時候了」；又例如〈祝福〉中，「祝福」一詞和作為習俗的反諷；〈長明燈〉中，鄉人愚昧保護「長明燈」，代表封建舊思想的牢不可改，暗示和象徵都很明顯。《彷徨》的藝術手法，整體而言有不同的層次，例如敍述手法上，除了仍然是善用不同方法來組織結構故事，筆法和表現的角度也靈活多變。有時誇張諷刺，如〈高老夫子〉；有時客觀陳示，如〈示眾〉；有時哀怨婉轉，如〈傷逝〉；有時沉痛憂鬱，如〈在酒樓上〉；有時主觀跳躍，如〈幸福的家庭〉。在《彷徨》的小說，氣氛調子各有面目，但均能配合題旨和人物形象，深刻帶出作者的主題立意。

生活的敏銳觀察和精準的聯想比喻，令魯迅作品中經常有精妙的比擬，從而豐富了人物的情感心理和全篇的氣氛情感。例如〈在酒樓上〉，呂緯甫說：

我一回來，就想到我可笑。……我在少年時，看見蜂子或蠅子停在一個地方，如甚麼嚇一嚇，即刻飛去了，但是飛了一個小圈子，便又回來停在原地點，便以為這實在很可笑，也可憐。可不料現在我自己也飛回來了，不過繞了一點小圈子。

這是日常生活的簡單觀察，小孩子都可以有的生活經驗，藉作者的豐富想像和敏感，使之轉化為表現人物內心孤獨無奈的有力表達。當被問到近況，呂緯甫回答得很淒涼：「無非做了些無聊的事情，等於甚麼也沒有做。」魯迅在《彷徨》裏塑造的知識分子，往往都透着這種無力感和孤獨感，可是他往往能憑着精準的觀察，深刻獨到而又貼切的比喻聯想，表現了人物的思想心理和面對的處境。

另一方面，「我」在小說的出現和介入，在《吶喊》比較多，不過在《彷徨》

一樣值得注意。讀小說，當然要知道用「我」作敘事人物，「我」既不一定是主角，也未必要真人真事，只是一種敘事觀點。這種作者介入，有時會造成小說理論「作者干擾」的弊病，有時又形成了不統一的敘述觀點。這樣的毛病在《吶喊》有出現，例如〈阿Q正傳〉寫到阿Q的得名，作者「跳出來」說問過趙太爺的兒子；諷刺「精神勝利法」，大罵是「中國精神文明冠於全球的一個證據了」；阿Q想女人時，作者又來一段「女人是害人的東西」議論。雖然都意在諷刺批判，但對藝術感染力有影響；在〈明天〉也出現類似的敘事問題，這種「敘述者」的跳到台前說話，會產生壞效果；相對來說，《彷徨》的「我」，用得更成熟客觀，更有表現力，例如〈祝福〉、〈在酒樓上〉和〈孤獨者〉等作品，「我」作為敘事的觀點人物，令祥林嫂、呂緯甫和魏連殳的悲慘遭遇，有了一種適當的藝術距離，變得客觀有表現力。

人物形象塑造

魯迅曾說自己在後期作品用力較深，擺脫了外國作家影響，有更多自己的技巧和經營，不過反而沒有較早收在《吶喊》的（如〈藥〉和〈阿Q正傳〉）受到重視：

> 得到較整齊的材料，則還是做短篇小說，只因為成了游勇，佈不成陣了，所以技術雖然比先前好一些，思路也似乎較無拘束，而戰鬥的意氣卻冷得不少。新的戰友在那裏呢？我想，這是很不好的。於是集印了這時期的十一篇作品，謂之《彷徨》，願以後不再這模樣。
>
> ——〈自選集自序〉

這樣看來，《彷徨》作為小說集的名字，饒有深意。從小說技巧上看，《彷徨》比《吶喊》更多變化和圓熟，這一點是真確的。好像他自己曾指出過寫〈阿Q正傳〉，是有點隨意的。當時以連載方式在《晨報副刊》寫作，也實在難免有生硬的地方：

> 阿Q的影像，在我心目中似乎確已有了好幾年，但我一向毫無寫他出來的意思。經這一提，忽然想起來了，晚上便寫了一點，就是第一章：序。因為要切開心話這題目，就胡亂加些不必要的滑稽，其實是在全篇裏也是不相稱的。
>
> ——〈阿Q正傳的成因〉

主題方面，《彷徨》不乏深刻之作，這主要表現在對人物描寫的深刻。《彷徨》中的人物角色，大都具有複雜的心理世界或者精神意識，魯迅把筆觸伸入人物的內心世界，寫出人物精神思想和性格感情的複雜性，人物也變得立體而真實。

《彷徨》中的十一篇作品，除了第一篇〈祝福〉和最後一篇〈離婚〉，是取材於農村，以農村婦女為主人公，中間〈示眾〉的一篇作街頭群像和情景素描之外，其餘八篇都描寫新舊派知識分子的生活和遭遇，這是討論《彷徨》題材內容時，經常提到的問題。〈幸福的家庭〉的「他」、〈祝福〉中的「我」、〈離婚〉的七大人、呂緯甫、高爾礎、涓生、四銘、魏連殳，他們當中，或有接受新思想教育，或有傳統舊式科舉路子出身；或是純真有抱負的知識分子，或是虛偽的假士人，這些都是五四運動後，魯迅目睹或接觸到當時的現實。可是在小說的寫作過程，他都不簡單化描繪，而能夠進入人物的內心世界，結合時代的社會背景，既描寫出精彩深刻的人物形象，又能從他們的言行思想和遭遇，深刻反映當時社會的狀貌。

例如〈傷逝〉寫一段愛情悲劇。涓生和子君既然已經能排除萬難住在一起，為甚麼最後竟然是悲劇收場？當中反映社會對人的壓迫和困鎖，愛情和自由在當中只是其中一種考慮，當時的社會，在思想自由以至經濟條件，對於追求幸福自主的人生，仍然有很大的壓迫力量。魯迅以蒙太奇式的片段相接，細緻入微的心理描寫，把這段開始美麗的愛情，如何在困難和壓擠中，慢慢消褪，當中人物的心理變化，寫得自然深刻，涓生和子君，都成為活生生的時代困逼中，無法掙脫不幸的青年形象。

〈離婚〉寫潑辣直率的愛姑，最後折服在七大人的權威和地位之下。本來的理直氣壯，「要鬧得他們家破人亡」地來找夫家算帳，可是根深蒂固的舊社會價值觀，七大人是「知書識理的人甚麼都知道」，最後她只能和平順服，甚至忘記了自己曾有的道理和憤怒，甘心情願接受別人的安排。魯迅通過具體而深刻的故事和入物，反映在巨大的社會時代黑暗力量壓迫下，沒有知識的平民百姓，對於個人的幸福、權利和尊嚴，都難以，或者是不懂得如何去反思、爭取和捍衛。

《彷徨》各篇的出色人物形象刻劃，也見之於魯迅不甘心只寫出面目輪廓簡單直接的人物。上面談到〈離婚〉的愛姑是例子，她的悲哀和典型性，並不只在於粗魯直率的性格，更在於知識和思想的局限，令她即使自信已穩站在道理的一邊，仍然爭取不到應有的處理和尊重。〈肥皂〉裏的四銘，魯迅也把他複雜的心理，寫得入木三分。作者一直寫他表面的言行，但其實也不斷在暴露描繪他卑劣的本性。四銘是個虛偽的道學家，內心和外表並不一致。他在外買了一塊肥皂給太太，心裏卻想着「十八九歲的女討飯」、「咯支咯支遍身洗一洗」，魯迅把人物的邪念包裹在表面道德的言行，諷刺味道清楚可讀。

〈弟兄〉的張沛君，也是魯迅刻意描寫人性深處的複雜形象。在兄弟患重病之際，他一方面擔心弟兄的安危，但意識思緒不斷湧現，包括弟兄如有不測，家計如何支持？送誰的孩子進學校？送自己的會惹人批評，都是現實的問題，當中是平常情境中所無法激起，平素愛說「將錢財兩字不放在心上」的話，變得虛無脆弱，魯迅利用探入人物意識的筆觸，寫出人物的思想心靈。〈孤獨者〉的魏連殳，作者一起筆就說：「我和魏連殳相識一場，回想起來倒也別致，竟是以送殮始，以送殮終」，兩次送殮，串起了整個故事，透出淡淡的哀愁。隨着生活經歷，魏連殳慢慢蛻變，進入另一種的人生和生活態度，最後死時：「他在不妥貼的衣冠中，安靜地躺着，闔了眼，閉着咀，口角間彷彿含着冰冷的微笑，冷笑着這可笑的死屍。」在「吃人」的時代和社會，人物內心的矛盾與掙扎，即是死後也無法擺脱得了。

這些人物，都不是簡單面譜化的描畫，而帶有複雜深入的筆觸，而且在作品中有發展變化。相對來說，《彷徨》的這些人物形象，性格比較複雜，魯迅寫來也更立體，逼近現實，有時會探到人物的意識深處，呈現了在獨特時代社會和環境下，當時人民，特別是知識分子的具體心理和處境。魯迅把人性和心靈深處的形象特點，結合小說的環境氣氛和情節，塑造出完整立體的人物形象。魯迅自謂的「圓熟」和「深切」，大抵亦可從這些地方印證出來。

延伸閱讀

魯迅著《彷徨》，香港：香港文藝出版社，二〇一二年。

多聲道敘述

——古蒼梧的《舊箋》

古蒼梧於二〇一二年出版的小說《舊箋》，以十五封私人信件為內容，寫這些信的人是女主角海媞，信件內容交代出一段隱約的愛情，側面帶出另一段關係撲朔的同性感情。書信中所涉的時間是一九六七及一九六八的兩年，正值大陸文革，香港也發生了「六七暴動」。《舊箋》以信件的內容為經，以鄧文博的註解為緯，交織出這段日子中，涉事的各人物的情感和經歷，更重要而吸引的是如書中序言說的：「作為香港小歷史的感性記錄，對我們下一代還是應該有參考意義的。」

我在六十年代出生，成長於七八十年代，讀這書，也有一點滯後感覺，所以此書對時下年青一代，不容易看得很投入，至少當今的大學生，情感腔調，已經完全不是這樣子。不過因為文字工夫高，全書淡淡道來，推展變得自然流暢，很容易讀下去。故事背景是上世紀的六七十年代，這時候的人情事理，和今天青年人所身處接觸的很不同，正因如此，我更強烈期望香港的青年人閱讀此書。

作品中書寫和再現了二十世紀的「香港大事」，態度和方法都值得學習和尊敬。作為六七十年代關心社會家國的文化青年，今天回視香港的歷史，豈無感慨，儘管有意平淡客觀，但字裏行間總掩抑不住，例如：

那時，我們也談過回歸，我們要回歸到這樣的中國麼？當然，我們也感到彷徨，我們的思想也是駁雜而混亂的，卻仍可模糊地辨出一條歷史與文化的脈絡。

這條「歷史與文化的脈絡」的後來發展，或者不是古蒼梧想像得到。至少近數年來，香港人似乎重新認識到自己城市的大學生。無論是欣賞還是鄙視，香港的前途和歷史忽然又似緊緊和年青一代扣在一起。身為早步入中年的人，我知道面對新一代的激情與狂躁，關心總是一種福分和希望。像作者對自己一代的反省：

有時我會想：這是殖民地教育的結果？英國人不斷教我們遺忘自己的歷史已見效？但全推給英國人也不很公平，畢竟他們並沒有禁止我們讀自己的歷史。起碼有一半是我們自己想忘記它。

這樣的反省，我深有同感。無論甚麼時代，一切的紛亂與狂囂，我們都有責任，「推給誰」，都是怯懦而不誠實的。書的情感豐富深沉，但難得的是寫來客觀平實，同學可以學習怎樣運用平淡的文字和場景、簡樸的敍述來寫深邃而複雜的情懷。讀慣了流行文學的香港學生，很容易就以為只有激烈場景和情感，才可以產生激烈深刻的情感。《舊箋》的文字自然而表現力強，藝術感染力高，時下難得一見，年青人多讀，得益不淺。

最後是小說運用「多聲道的敘述手法」，複雜獨特，呈現今昔對照和立體的效果。作者之外，三個主要人物：海媞、黃子和鄧文博，站在不同的位置和時間，形成不同角度、或強或弱的四重敘述聲音。海堤是「發信人」，收信人「黃子」在小說裏，從不回覆，也從沒有正式登場，為作品的情感和過程「留白」，聯想和餘味都多了。文博的註解，幫助讀者思考，又成為數十年後的「補白」，令作品在愛情之外，有更多的回望和反思空間。

延伸閱讀

古蒼梧著《舊箋》，香港：牛津大學出版社，二〇一二年。

哲思與關懷

——讀吳美筠《時間的靜止》

或許因為作者的信仰關係，讀吳美筠的詩集《時間的靜止》，總感到詩人那一份對生活的期待和人生的注視與關懷。詩集以「時間」為題，自然扣上了哲學思考的題材，這種方向也成就了詩集中許多作品。例如第四輯的組詩「時間的靜止」，時間之外，空間和距離等課題，也予以敘述省思。像〈雲和太陽〉的詩句：

雲和太陽之間
我以為，只差一點的距離。

彷彿彼此欺瞞着
堆砌一幅和諧的圖畫：
童年畫布上關於幸福的答案。

距離，向來常見於詩歌和其他藝術形式，經常染指思考着定律關係等哲學議題。這種時間空間的省思，在時間的急促奔流中，很容易會產生變形和否定，然後用另一種形式，向讀者呈現。像〈一分鐘的幽靈〉和〈變形記〉，詩人到最後，把這些變化轉換蛻變成一種突破綻發的力量：

沒有甚麼是不可能的，
如果，時間可以
靜止，
如堅硬的果實

靜候爆破的能量。

……

果實在城市裏

綻開

沒有可能的

時間

——〈城市之花〉

這種「爆破的能量」，是詩人生活在現代城市，情感變化、沉澱後的隱然期待與回應。不過，詩，對生活的體味，始終是重要的組成元素。吳美筠的身份是詩人，也是城市生活中的尋常母親和妻子，日常生活的感受與聯想，對人世間的悲喜關懷，在詩集中佔有很大的份量。幾首描寫家庭倫常的作品，在詩集中最惹我喜歡。當中寫到的感情，各種性質也有，而且都一樣感人。其中有最易在詩歌中見到的情愛相思，作者寫得婉轉纖柔，意境淨明，例如〈海底世界〉：

執子之手　以為與子
尋覓人間以外的情意
生生世世
沒入生命的海洋
悠悠變成一雙享受風景的游魚

相思情味，令人容易想起鄭愁予的〈水巷〉：「管他一世的緣份是否相值於千年慧根／誰讓你我相逢／且相逢於這小小的水巷如兩條魚」。不過吳美筠把目光更多地投射在人間現實生活，因此愛情就不能完全是浪漫和相思的轉譯，生活的壓力在其中仍然真實：

愛人的容貌和眼神
我其實無力掉頭顧盼
呼吸
竟然成為生存
唯一的意義

同樣看到呼應其他台灣詩人的情詩，還有詩集中另一作品〈因為愛的緣故〉，鍾玲教授在「序言」已指出過。愛情在現實生活中的波折顛沛，卻未盡滅詩人對真摯愛情的享受。除了愛情，親子之情，是詩中更動人之部分。〈第十度〉，把男人無法，也無可能的經驗和痛苦，具體表達，「生命不能承受的破裂」，母親的偉大和親情的先驗莊嚴，成為詩人重要的表達：「原以為愛情最重要／也變得不重要」，是一種側筆寫母親和嬰兒的臍血相連。到了〈第四個上午〉，詩人就正面把這種親子情深，寫得動人，而且同樣是充滿愛的期待。詩是這樣結束的：

三邊高身的圍牆
鎮守着每個角落
一個母親和女兒在成長
以透明的愛和智慧

關懷的目光，不只落在倫常親情之間。《時間的靜止》詩集，詩人徘徊出入在哲理省思和現實人生的悲喜關懷，作品中有關注四川地震的〈從地震爬出來的禱告〉、悼念沙士英雄謝婉雯醫生的〈一雙溫柔的手〉、〈秦始皇〉和〈驟雨——為紀念一九八九年五月四日而作〉等，〈拉鍊〉和〈棄置〉等詩，為可憐的棄嬰灑傷心淚。這些作品，處處表現詩人對客觀世界的感覺，聯繫和回應周遭環境與自我的關係，加上語言多變生動，穿梭在現代和古典之間，又吸收了其他現代詩的意象和表現方式，深化加強了作品的表現力和感染力。

延伸閱讀

吳美筠著《時間的靜止》，香港：匯智出版有限公司，二〇〇九年。

深刻客觀，思考中西

——讀《余英時訪談錄》

怎樣看待中國傳統文化思想、怎樣令年青人理解，以至欣賞中國傳統文化，是時代交給我們這一輩教育工作者的重大課題。讀中國哲學思想，當知二十世紀初以來，有西化派、俄化派、維新派及新儒家思想等諸家爭鳴。匆匆數十年過去，在各時代思想中，撇開政治拉力的影響不談，在知識分子之間，只有新儒家思想影響最深最大，特別是在香港，當年香港中文大學的成立，與這批南來學者也有重大關係。台灣學者王邦雄說新儒學是「開發傳統轉出中國的當代」。他們以中國傳統為宗為本，希望做到根源於傳統，又能融攝西方，最後立足於當代，無論今天走了多遠，眼下光景如何，箇中影響值得一書再書。

我常勸告年輕人要多讀古書的同時，也應嘗試接觸新儒家學說學者，例如唐君毅、牟宗三、錢穆等人的作品。本來，新儒學的開山人物應是熊十力、馬一浮和梁漱溟三人，但對年輕人來說，他們的書不易讀。選一些適合程度的，也當然是閱讀的基本義理。《余英時訪談錄》以訪談形式鋪展，希望用對話這淺易的方法，帶出受訪者的思想學問，有利青年讀者閱讀。由書名可知，這本書的主要內容和觀點都出自余英時。那余英時又是何人？他是當代歷史學者，在國際學術界鼎鼎大名，歷任哈佛大學、普林斯頓大學和耶魯大學等教授，是歷史大師錢穆的承傳弟子，對於儒學的研究和現代詮釋，成就也極高，可說是當今屆指能數的頂尖華裔歷史學者。至於負責訪談的，也是著名學者，現為香港浸會大學文學院院長陳致教授。

《余英時訪談錄》當然是好書，不過對於一般青年人，或許仍有點艱深。可是當前香港紛紛擾擾，年輕一代對中國文化既無認識，也缺乏信心和認同，我深以為憂，希望大家多讀有益之書，增加認識和判斷力。此書除了前面〈我走過的路〉和〈劉夢溪訪談〉之外，正文內容主要分三部分，分別記錄了兩人先後三次的越洋電話訪談。第一部分「直入塔中，上尋相輪」，談到余教授的學術思想、治學經歷和方法等；第二部分「宗教、哲學、國學與東西方知識系統」，討論這些方面的觀點，表達相關的看法；第三部分「治學門徑與東西方學術」，則介紹和分享了許多治學經驗。三部分加起來，完整立體，相當可讀。

整體而言，書中訪談內容主要圍繞東西方學術思想和知識方法，範圍兼及古今中外，既指出中國文化中自先秦諸子以至近代的哲學特色，也觸及不少西方的知識論和思辯系統，同學用心細讀，會得益不少。這樣一本較深刻談論中國文化思想，又能以對談這淺易方式說明表達的作品，在坊間並不多見。補提一句，書末附有記錄余教授和劉夢溪對談的〈為了文化和社會的重建〉一文，同樣值得細讀。

作為學貫中西的成名學者，余英時教授道出中國文化思想的優點和特點，也同時通過中西比較，客觀持平地道出兩者的優劣，既不盲目崇洋，也不只言中國文化有多好。例如，「從『形而上學』這一『精神之學問而言』，中國不能望西方項背……中國文化與西方文化不同，因此一向重視實踐倫理，在人倫關係的構想和實現方面比西方更為深入。但以理論思維、形上思辯而言，先秦諸子包括老子和莊子，則比西方哲學家為『淺陋』。」（頁九八）只有持平客觀的比較和論述，才真正看得出中西方文化互有長短，此書在這裏作了良好示範。書中有很多這種對中西方思想的比較並觀，只要同學放開胸襟閱讀，思考細味，自有所得。

讀此書的另一重要得着是余教授以歷史學大師的身份，分享治學經驗。例如他強調讀經典，所謂：「取法乎上，讀精品，找學者公認的經典好好揣摩。」

（頁一五八）他引孟子的話，指出治學之道，要「先立其大，則小者不能奪」，又提醒年輕一輩，不要一味只趕熱風潮流：「一切真正的『學』都只能在『冷』的環境中成長，絕無『熱』的可能。」（頁一〇四）可謂字字金石，對當前不重追求紮實知識的社會，直是當頭棒喝。

延伸閱讀

陳致著《余英時訪談錄》，香港：中華書局，二〇一二年。

余英時著《士與中國文化》，上海：上海人民出版社，一九八七年。

思考愛

——弗洛姆的《愛的藝術》

人類連太空也可以往來自如的今天，我們還是要談「愛」，你會說這是落伍的行為嗎？不，當然不，我們不但要談論「愛」，而且談論和思考的是「愛的藝術」（The Art of Loving）。

《愛的藝術》的作者是弗洛姆（Erich Fromm），美籍德國猶太人。此書「談情說愛」，當中提出了兩個重要的觀念，對人生負責任的讀者不能不思考：其一，作者強調人的孤獨，孤獨感促使了一切，所以人需要愛，也渴求和重視愛。其二，愛是要學習的。我們倒過來看，先思考「愛需要學習」。關於理解這問題，作者在前言的一段話十分重要，也造就了這本書重要的價值和啟蒙作用：「本書目的在於使讀者確信：除了努力積極發展你的全部個性，使之形成一種創造性人格傾向外，一切愛的嘗試都一定要失敗的；如果沒有愛自己鄰人的能力，沒有真誠的謙恭、勇氣、忠誠、自制，就不可能找到滿意的個人的愛。」（譯文採用安徽文藝出版社，一九八六年）

《愛的藝術》自一九五六年出版問世，被譯成多國文字，風行數十年，雖然未必是弗洛姆最偉大的學術著作，但肯定是最流行、最受歡迎的作品。此書繼承、分析，以至批判許多精神分析的學說。我們站在二十一世紀閱讀，不見得書中的觀點都絕對準確，隨着文化發展，社會變化，情況不一定一樣。到底那是六十年前的著作，社會思想文化，人類精神智慧，都有很大變化。例如談父母之愛，把母愛說成是「母親是我們出生的地方，是自然、土地和海洋」。父親則是「卻代表人類生存的另一支柱：代表思想的世界，人化自然的世界、法律和秩序的世界，原則的世界」、「父愛的本質在於：服從成為主要的美德，不服從乃是主要的罪孽——以收回父愛作為懲罰」。那是一世紀前的社會形態，對我這為人父的讀者，人生印證格格不入。不過弗洛姆的目的不只在談論父母的愛，這在書的後部分談「神的愛」時，同樣得到印證和說明。

像許多上世紀中前期的理論一樣，弗洛姆書中許多理論，在人類科技資訊文明急速發展的衝擊下，變得有點滯後，就像瑞士心理學家皮亞傑的兒童心理發展理論，明顯不能配合和解釋今天不足周歲的孩子，拿着手機，也因為模仿而懂得按撥動作。恰恰也是因為弗洛姆在書中討論的是「愛」，這種滯後的情況變得比較樂觀，因為或許這是人類最基本，也是最深層的情感意識，外在社會文化的變化，未必可以動搖最根本的人性。書中許多對愛的描述，穿越時空，適用於任何時代和國度，像：

童稚的愛：「我因被愛而愛。」

成熟的愛：「我因愛而被愛。」

不成熟的愛：「我愛你，因為我需要你。」

成熟的愛：「我需要你，因為我愛你。」

書中把學習愛和學習藝術相提並論，提出重要的方法，例如要規範、專心、耐心和予以最大關注。書中直指西方社會在資本主義發展的同時，情感失落，人與人的關係變得功利疏離。第三章「當代西方的愛及其瓦解」，清楚表達「作為相互性的滿足的愛，或作為協作和作為逃避孤寂的港灣的愛，是當代西方社會愛情破裂的兩種正常形式」。他強調精神品質的重要，認為西方文明在這方面有淪落與不足：「我們在傳授知識的時候，卻失去了那種對人類發展最為重要的知識教授：即成熟的博愛的人的精神。在我們的文明前一階段或在中國和印度，最受尊敬的是那種具有高尚精神品質的人。」

書中這種思想理論，既欣賞，又暗合對照中國文化思想的地方，相當不少。由道德的主動性而言，《論語》說：「愛人由己」，這種「自力」道德自主性的強調，向來是中國傳統文化思想的重要特點。《聖經》說：「立志為善由得我，只是行出來由不得我。」在實踐愛的過程，《論語》叫人「克己復禮」，弗洛姆也指出「克己」的重要，「愛依賴於相對排除自戀，它要求謙恭、客觀和理智的發展」。一再強調大地是母愛，又將中國老莊思想和亞里士多德傳統邏輯作對照比較，處處流露他對中國文化思想的認識和欣賞。

很明顯，人類到了今天，仍然對「愛」十分無知，當中的疑惑和不穩定性，一直困擾我們。弗洛姆發展，同時也修正了很多弗洛伊德的相關理論。弗洛伊德的貢獻，是在上世紀初開啟了精神分析學，奠定人類認識、理解探討自己內心和思想的新方向，對精神病理和心理學影響至巨，但不少地方讓讀其學說者充滿疑惑和不解，弗洛姆承其緒，既修正也發展，像《愛的藝術》，雖然未必一定立地當下，就能為我們提供出路和答案，但對人類的情感、心理和愛等，一路走來一路思考，功勞很大。

書的最後一段，總結得很好，直露作者的寫作動機：「談愛意味着談到每個人身上最終的、實際的需要。這種需要已被掩蓋了，但這並不表明它不存在。分析愛的屬性將會發現當今普遍缺乏愛，必須批判造成這種缺乏的社會條件。」六十年後，功利、商業、數碼充盈的今天社會，實在更期待我們一起思考與抖擻！

延伸閱讀

弗洛姆著《愛的藝術》（譯本），合肥：安徽文藝出版社，一九八六年。